LA SYNCHRONIE FANTASTIQUE

Roman

La synchronie fantastique

Rendez-vous au sommet

Yves Exbrayat

La Fontaine de Siloé

© La Fontaine de Siloé
MND Diffusion
38 avenue Jean Jaurès
73000 Chambéry
Tél. 04 79 68 22 15
www.fontainesiloe.com
contact@fontainesiloe.com

Maquette couverture : La Fontaine de Siloé
Maquette intérieure et mise en page : La Fontaine de Siloé
Image couverture : ©Honza Krej

Dépôt légal : novembre 2020

ISBN : 978-2-84206-716-8

Imprimé en France par Présence Graphique - Monts.

L'incongruité de ces multiples retrouvailles ne posait pas question. Après tout, hormis leur exacte simultanéité, elles n'étaient que la résultante logique du cheminement de chaque protagoniste.

CHAPITRE 1

DEUX ANS AVANT
ÉTÉ 2017

I

Après quatre heures de marche lente, Julie et Louis atteignirent le refuge d'En-Haut. Ce tempo d'escargot était imposé par Louis, qui parcourait plus volontiers les trottoirs des villes que les chemins de montagne. Une galère pour Julie qui, en revanche, pratiquait l'alpinisme et la rando depuis son plus jeune âge. Nourrie aux graines bios, adepte du Yogi tea, elle entretenait une hygiène de vie presque parfaite, seulement perturbée de temps à autre par quelques fêtes bien arrosées. Mue par l'attrait du sommet qu'elle s'apprêtait à faire découvrir à Louis, elle tenait une forme olympique. Pas lui, dont le régime se composait au gré des spécialités des bars et des bouchons lyonnais dans lesquels il avait ses habitudes.

Pendant toute la montée, Louis avait dépensé son peu d'énergie à pester.

– Mal aux pieds, mollets qui tirent grave, chaleur d'enfer, cailloux de merde, soif, trop raide, putain ça glisse. Attends, on se pose deux minutes… T'as pas un peu la dalle, toi ? Moi, j'ai les crocs. T'as quoi dans ton sac ? Moi, je comprends pas, j'ai rien dedans et il pèse un chien crevé. C'est nullos la montagne. Monter, descendre, ça sert à rien… Et tous ces cons qui disent bonjour.

Au refuge d'En-Haut, il retrouva un peu sa bonne humeur après avoir bu trois cannettes de 1664. Il lui semblait reprendre pied dans un mode de vie à peu près normal. Il se demandait juste, sans trop y croire, si tous les gens qui déambulaient sur la terrasse allaient cohabiter dans cette baraque en tôle. Louis était un urbain pur jus, doublé d'un oiseau de nuit. Un peu marginal, un peu mondain. Il vivait là une expérience sauvage, à laquelle il n'aurait jamais pensé s'il n'était tombé sous le charme de Julie quelques jours plus tôt.

Une rencontre atypique chez un caviste de Lyon où Louis avait ses habitudes. Il était venu acheter un magnum de Mumm pour les quarante ans de son ami Stan. Un anniversaire fêté en petit comité, pas plus d'une centaine de personnes triées sur le volet. Toute la jet-set de la capitale des Gaules, mais seulement la jet-set, devait s'y retrouver. Il conversait avec le caviste, lui donnait des conseils de merchandising pour sa boutique, se moquait du couple en pantacourt qui avait hésité trois quarts d'heures, pour enfin repartir avec un malheureux Côtes-du-Rhône à moins de dix euros. Il allait partir, lorsqu'il a vu entrer cette jolie fille aux yeux clairs.

Julie ne savait pas trop où se diriger, d'un terroir à l'autre. Elle cherchait du rosé pour un barbecue. Trop compliqué. Ce serait quand même plus commode si les vins étaient rangés par couleur et par catégorie, pas cher, moyen cher, cher et trop cher. Viande ou poisson ? lui avait demandé le caviste. Aucune idée ! lui avait-elle répondu.

Arrivant à sa rescousse, Louis s'était planté devant elle avec assurance, une bouteille à la main. Minuty, valeur sûre pour les barbeucs, avait-il déclamé d'un ton péremptoire. C'était plus cher qu'elle ne l'aurait imaginé, mais, n'osant résister à l'autorité d'un beau brun sûr de lui, elle avait sorti sa CB et acheté la bouteille. Elle n'était pas sortie tout de suite, captivée par l'attrait du discours vinicole que lui tenait Louis en prenant le caviste à témoin de chacune de ses déclarations. Il faisait durer le plaisir, juste pour rester encore un peu avec cette Julie, dont il ne connaissait pas encore le prénom. Las, le caviste avait annoncé la fermeture de sa boutique pour cause de pause méridienne. La conversation s'était poursuivie sur le trottoir, et les passants contournaient ce singulier couple si peu assorti. Lui, la pré-quarantaine élégantissime, polo La Martina, jean Bensimon et Tod's. Elle, la petite trentaine, débardeur, bermuda et Birkenstock turquoise. Louis n'était pas allé à l'anniversaire de Stan. Julie n'était pas allée à son barbecue. Ils étaient restés ensemble, longtemps, sur le trottoir, et puis c'est elle qui avait pris l'initiative.

– On pourrait peut-être les boire, ces bouteilles ?

– Good idea ! Tu veux aller où ?

– En montagne, ça te dit ?

– Super, s'il n'y a pas trop de marche à pied.

– Mais non, mes parents ont un petit chalet d'alpage. Il faut, genre, un peu plus d'une heure de route pour y aller. Après, en dix minutes de marche, on peut y être. C'est moi qui t'emmène. J'ai une Twingo, j'espère que ce sera assez bien pour toi.

– Ce sera parfait, en tous cas, sûrement mieux que mon fucking scooter.

Louis avait avoué à Julie qu'il n'avait qu'un deux-roues pour ses déplacements urbains, et qu'il n'avait jamais senti la nécessité de passer le permis de voiture. Question de mode de vie. En ville, cela ne sert à rien. Lorsque l'occasion se présentait de s'éloigner des lieux desservis par les transports en commun, il n'était jamais seul, et il y avait toujours quelqu'un pour le conduire.

Julie et Louis passèrent quelques jours au chalet. L'anticyclone de ce début d'été s'y prêtait bien. Louis, qui ne croulait pas sous les contrats, laissa son agence d'évènementiel aux mains de Fred, son associé ; quant à Julie, professeure des écoles, elle était libre comme l'air jusqu'à la rentrée.

Dès le premier soir, ils éclusèrent les dives bouteilles, sans rechercher l'accord parfait avec les pâtes bolognaises. Dès le premier soir, ils plantèrent leur camp de base sur le grand lit de la mezzanine. Dès ce premier soir, ils firent l'amour, très excités par la découverte de leurs corps et désinhibés par l'ivresse. Avant de partir de Lyon, Julie, en allant chercher ses affaires avait fait un petit détour à la pharmacie pour acheter une boîte de douze préservatifs. On ne sait jamais… Louis, en allant chercher ses affaires, avait fait un petit détour à la pharmacie pour acheter une boîte de vingt-quatre préservatifs. On ne sait jamais…

Julie ne se reconnaissait pas. Elle avait moult fois éconduit des prétendants, et n'avait jamais vécu d'aventure aussi véloce. Mais l'isolement du chalet, son confort à la fois sommaire et cosy, étaient un appel au cocooning sous la couette. Et tous deux avaient beaucoup de mal à s'en extraire… Louis était au sommet de sa libido, le corps souple et bronzé de Julie le rendait fou. Son petit cul musclé, ses seins fermes et son sexe humide sous une toute petite toison blonde l'attiraient comme un aimant.

Julie, certes beaucoup moins experte, faisait l'apprentissage d'un garçon plus mûr que ceux qui avaient jusqu'ici traversé son existence. Louis possédait l'anatomie d'un dieu grec, sa tendresse lui était inhabituelle, et son érection ne subissait pas de baisse de régime. À chaque fois qu'elle l'effleurait, de ses doigts ou de sa bouche, la réaction était violente et immédiate. Leur passion était chimique et sans limite. Les orgasmes se succédaient. Le stock de préservatifs baissait dangereusement.

Ils ponctuèrent leurs ébats de conversations à bâtons rompus. Chacun découvrant avec curiosité l'exotisme du monde de l'autre. La vie champêtre, les courses en montagne, les big walls de Julie fascinaient Louis. Les nuits sans sommeil, les fêtes débridées et les occasionnels rails de coke de Louis captivaient Julie. Elle ne connaissait d'Ibiza que les balades au Puig de Sa Capelleta. Peut-être s'y étaient-ils croisés un petit matin, avant qu'il ne se couche, après qu'elle ne se lève. Il disait ne connaître la montagne qu'à travers le prisme des Folies Douces. Aucune chance de la croiser, donc, sauf peut-être sur un parking de la vallée. Ils s'étaient promis une incursion croisée dans leurs univers respectifs. Les envolées lyriques de Julie sur les valeurs véhiculées par la montagne avaient convaincu Louis de l'accompagner pour une course glaciaire cotée PD (peu difficile), c'est à dire abordable, adaptée à son niveau à lui, pas trop fréquentée, moins que la voie normale cotée F (Facile).

Elle lui trouva un accoutrement ridicule, mais adapté, parmi les affaires remisées par son alpiniste de père. Des vêtements multicolores, des chaussures rouges effroyables, raides et monstrueusement lourdes, un baudrier, un piolet et des crampons. La panoplie surannée du montagnard des années quatre-vingts. Après en avoir usé pendant une bonne quinzaine d'années, le père, pourtant peu sensible à la mode alpine avait fini par abandonner cette tenue au profit d'un équipement, plus moderne et plus technique, qu'au demeurant il n'utilisait presque plus. Il n'avait néanmoins jamais eu le courage de jeter ses oripeaux, symboles d'une gloire révolue.

Ni Louis ni Julie ne pouvaient imaginer, à ce moment-là, que le Grand Cerviso, ce sommet du bout du monde, ne se contenterait pas de cette course cotée PD. Il s'imposerait deux ans plus tard dans leurs trajectoires singulières d'une tout autre façon…

II

Louis surjouait sa snob urbanité. Il éprouvait une réelle jubilation à irriter Julie, espérant de la sorte l'attendrir un peu. Son ignorance de la montagne était une posture de circonstance. Étudiant, il avait passé pas mal de week-ends au ski, dans des domaines certes aseptisés, mais dont il ne renonçait jamais à s'éloigner pour aller titiller la poudre. Plus tard, il s'était mis à l'escalade avec Manon, une infographiste talentueuse qu'il aurait bien embauchée après son stage à l'agence. Mais elle avait fait le choix d'un CDI à Grenoble, chez Creart'com, que Louis connaissait pour être une bande de vieux has-been ayant eu leur heure de gloire, mais qui dormaient maintenant sur les lauriers de leur clientèle encore pléthorique.

De Manon, il gardait le souvenir d'une grande fille, cheveux en pétard, teints en blond peroxydé. Elle dissimulait une plastique de mannequin sous un ample accoutrement issu de ses chinages dans les brocantes et marchés aux puces. Elle cultivait un look clownesque seyant aux anciens des Beaux-Arts, qui, s'il n'entrait pas dans les codes de l'élégance et de la mode, lui donnait un charme fou, du moins aux yeux de Louis.

L'image de Manon ressurgissait là, sur le chemin, alors qu'il regardait les sommets autour du refuge. L'appel de la montagne est plus fort que la passion du boulot, lui avait-elle dit lorsqu'il avait essayé de la retenir.

Déjà, à cette époque, il s'était forgé un personnage de néo-dandy lyonnais, hyper attaché à ses territoires de brunchs, d'apéros, de soirées débridées... Il se revendiquait non-sportif militant. Quand il n'était pas en représentation ou en soirée, il faisait des efforts pour se tenir en forme. Mais c'était toujours à l'insu de ses compagnons de bordées. Avec Manon, il faisait des footings entre midi et deux sur les quais du Rhône. Elle courait plus vite que lui, d'une foulée élégante et régulière, et semblait ne ressentir aucune fatigue.

Un jour, devant son insistance, il avait accepté de l'accompagner à Climb Up pour grimper. Habituée de la salle d'escalade, où elle connaissait tout le monde, elle avait mis à profit les principes pédagogiques qui lui restaient de la préparation de son brevet d'État pour initier Louis à la verticalité. Il avait tout de suite fait montre d'un don exceptionnel. Et comme il ne savait pas faire les choses à moitié, il s'était équipé au Vieux Campeur et avait fréquenté la salle trois soirs par semaine, avec ou sans Manon. Cela n'avait pas duré longtemps, peut-être trois mois, avant qu'il ne jette l'éponge parce que cela lui prenait trop de temps sur la tournée des bars et ses autres hobbies. Ceux qu'il avait partagés un peu avec Manon, mais qu'il n'évoquait pas encore avec Julie. Il préférait se cantonner à lui montrer une image de bobo inculte, plutôt que de lui ouvrir son univers intime.

Quand il avait arrêté l'escalade, il était dans le 6b-6c à vue. Une seule fois, Manon était parvenue à l'entraîner sur les falaises de la Roche du Narse, dans l'Ain. Il s'y montra très à l'aise, mais ce fut son chant du cygne. La semaine suivante, il offrait son matériel à un collaborateur de l'agence.

Quelques semaines plus tard, il organisait une petite sauterie pour le départ de Manon. Ce soir-là, un peu moins éthylée que lui, elle avait résisté à ses avances pourtant appuyées. Certes, elle n'était pas insensible au charme de Louis, mais l'idée de lui céder sous couvert de biture n'était pas concevable pour elle. Elle eût préféré qu'il tente de la séduire à jeun, et regrettait, un peu, de n'avoir pas elle-même fait le premier pas lors de leurs séances d'escalade. Mais, paradoxalement, elle jouissait d'avoir laissé sur sa faim ce bel employeur si sûr de lui, le menaçant de « lui en coller une dans sa gueule » s'il insistait. Ce qu'il ne fit pas.

Le lendemain, elle partait. Ils ne se sont plus revus. Louis avait appris, dans le petit réseau des créatifs grenoblois, que Manon s'étiolait doucement chez Créart'Com et qu'elle envisageait de fuir les dinosaures pour se réorienter vers une activité plus en harmonie avec ses prédispositions alpestres. Elle avait, aux dernières nouvelles – qui dataient un peu – un compagnon qui partageait son appétence pour la montagne et les efforts inutiles que sa conquête induisait.

Louis n'aurait pas été surpris de la retrouver dans ce décor, s'il avait été amené à y revenir, mais il n'était pas prêt. Suivre Julie avait été motivant pour cette course PD, mais était-ce suffisant pour imaginer faire d'autres courses PD ? Certes, rien n'était impossible, mais il lui aurait fallu vivre un sacré traumatisme pour lui faire renoncer au confort de la vie qu'il s'était façonnée dans son cocon Lyonnais.

Il avait quelques encablures de retard. Alors qu'il arpentait avec Julie la terrasse du refuge d'En-Haut, au cœur de l'été 2017, Manon venait de rompre avec son employeur et son compagnon. Elle envisageait sérieusement une reconversion radicale.

III

Lorsqu'elle était aux Beaux-Arts, Manon n'aurait pas imaginé une seconde être confrontée à ces problématiques complexes, qui consistent à exprimer son talent graphique tout en répondant le plus fidèlement possible au cahier des charges, souvent abscons, que lui confiait le commercial de Creart'com. Surtout après son stage prometteur dans la petite agence évènementielle émergente et très dynamique que venaient de créer Fred et Louis. Elle aurait adoré y rester un peu plus. Ils lui avaient proposé. Mais elle ne se voyait pas vivre à Lyon. La ville était magnifique et agréable, mais un peu trop éloigné de ses montagnes. Alors elle était revenue à Grenoble, la ville où elle avait grandi. Certes, Grenoble n'avait pas le même cachet, les opportunités d'emploi y étaient moins variées, mais tant pis, c'était le cœur des Alpes. C'était ses origines, et elle y avait trouvé sans trop de difficulté une activité compatible avec sa formation et son savoir-faire.

Boulot alimentaire, justifiait-elle pour supporter de passer trente-cinq heures par semaine, voire plus en cas de charrette, dans un open space au design vintage qui lui sortait par les yeux. Abstraction faite d'une déco rococo et défraîchie, choisie par le boss il y avait une vingtaine d'années, elle avait du mal à encaisser les préoccupations des collègues qui partageaient sa zone de survie. Espace de créativité, pouvait-on lire sur un panneau qui séparait sa table de travail du bureau des secrétaires, qui péroraient à longueur de temps à deux mètres d'elle. Pas fameux pour la concentration. Surtout que, juste derrière elle, il y avait les autres créatifs, en prise directe avec un environnement urbain cultureux, voire contre-cultureux. Profitant en stéréo des conversations des uns et des autres, elle se sentait décalée face à tout ce petit monde. Oreille droite: comparatifs des salons de coiffure et des boutiques de prêt-à-porter de la ville. Oreille gauche: soirées hipe, salons de déco, séjours à NYC à l'occasion de la dernière expo au Guggenheim. Mais le boss avait décidé que le brouhaha était bon pour la fécondité cérébrale de son équipe créative.

Manon s'ennuyait ferme et rêvait beaucoup. Les dossiers qu'on lui confiait étaient mous. Les propositions originales, qu'elle réalisait avec cœur, avant, avaient presque toujours été revues, corrigées, sous la pression des clients qui trouvaient ses créations « *trop* »: trop féminines, trop osées, trop ambitieuses. Toujours trop quelque chose. Peu à peu, elle était entrée dans une logique de production normée, en phase avec les produits dont on lui demandait d'étudier le conditionnement. Plus ses prestations étaient considérées comme en progrès par le boss, plus elle s'ennuyait. Il lui arrivait toutefois de s'émouvoir vraiment dans l'art de son métier. Mais, lorsqu'elle donnait libre cours à son imagination sans être brimée par les desiderata du client, la commande était rarement à la hauteur des espérances du boss. Pas assez rentable, marché non renouvelé. Pire, incidents de paiement. C'était la poisse. Alors, Manon rêvait de s'échapper, elle magnifiait l'idée de se transposer ailleurs. Loin et haut. De connaître d'autres gens, d'autres cultures. De voir comment vivaient les peuples qui n'ont pas de publicité, de marketing, de packaging, de PLV, de facing, de merchandising, de branding. L'envie d'être, pourquoi pas, utile. Plus, en tout cas, qu'elle ne l'était aux industriels qui comptaient sur son génie pour sublimer leurs produits.

Arrivée à la trentaine, elle se posait mille questions sur ses choix de vie. Depuis son départ de Lyon, elle avait trouvé une forme d'équilibre rassurant, qui faisait dire à Marie qu'elle avait de la chance. Un boulot sympa et un mec à la maison. Analyse simpliste d'une copine qui passait de petit boulot en petit boulot, et qui n'avait jamais pu s'installer dans une vie de couple pour une période excédant quelques semaines.

Manon enviait à Marie une forme de liberté qu'elle s'était refusée, par excès de prudence, en dépit de son envie d'ouvrir le champ des possibles et sa soif de découvertes.

Elle s'était toujours sentie différente de ses sœurs, de leurs amis qui étaient devenus ses amis ; un peu décalée, mais pas assez pour suivre des aspirations qui ne seraient pas consenties par ses géniteurs et leur monde boboïsant. Elle restait compatible. Elle avait choisi les Arts déco, et son cursus l'avait conduite à un diplôme de graphisme dans une école cotée, payée par Papa. Toujours en équilibre entre la sagesse et l'audace, après son stage chez Louis et Fred, elle s'était dirigée vers le salariat dans une agence ayant pignon sur rue. Ce choix fut assez naturel, car il lui laissait du temps pour s'évader, du temps pour grimper, du temps pour courir les montagnes.

Rudy, son « *mec à la maison* », le compagnon qui partageait son quotidien au fil de l'eau, elle l'avait choisi de façon comparable. Rudy, dont elle ne savait plus si elle l'aimait encore. Rudy qu'en fait elle n'avait jamais vraiment aimé. Ou qu'elle aimait sans passion. Rudy qu'elle s'était décidé à quitter.

Avant de se lancer dans un hypothétique projet d'itinérance lointaine, elle avait besoin d'une période de désaccoutumance au ronronnement d'une vie sans émerveillement, mais sans tracas non plus. Elle avait besoin de sortir de sa zone de confort, de disrupter, selon le jargon employé par les créatifs de l'agence à propos de tout et de n'importe quoi.

Manon cherchait une issue pour sortir du train-train devenu pesant, tant sur le plan de la vie professionnelle que de la vie conjugale. Elle cherchait un moyen radical de s'affranchir de son carcan, de franchir le Rubicon. Il fallait juste qu'une occasion se présente, et oser la saisir. Finalement, dans la même semaine, elle négocia avec le boss de Créart'Com une rupture conventionnelle, qui fut acceptée sans débat, et annonça une rupture tout court avec Rudy, qui sembla tomber des nues.

Alors que, libérée de ses contraintes, elle courait de conférences en festivals, Manon constatait que, si la variété des thèmes abordés étendait sa culture et donnait corps à ses rêves d'évasion, d'ouverture professionnelle, il n'y en avait point. Jusqu'à cette table ronde organisée par l'association des gardiens de refuges, dans les coulisses des rencontres de la cinémathèque de Gap. C'était barbant, mais pour une fois pas inutile. Il y était question de professionnalisation. Animée par un vieil universitaire barbu en polaire douteuse, la table-ronde posait les fondamentaux, que Manon sut traduire avec sa sensibilité. Elle nota tout cela dans son cahier de croquis :

– Les refuges sont indispensables au tourisme de montagne, parce que, dans notre monde normé et déshumanisé des métropoles, l'essor de la randonnée est devenu un phénomène massif, propre au ressourcement… Pas mal résumé, l'universitaire !

– Du coup, plus question de le confier à des « gros bœufs » qui n'auraient pas le sens du parcours client. La solution ? Professionnaliser les gardiens en leur apprenant l'accueil de qualité, l'écoute et… la nourriture correcte… Humm… quelques-uns dans l'assistance pourraient envisager de se recycler !

– Comme un refuge est une entreprise, les gardiens doivent être rompus à quelques techniques de comptabilité, de marketing, de droit, de communication et d'informatique, bref, à ces trucs qu'on apprend dans les écoles de commerce et qui sont indispensables à toute saine gestion… Oups, on n'est pas sortis de l'auberge ! (Sic !)

– Et ce n'est encore pas tout : un gardien de refuge doit informer les touristes de la météo et des conditions de la montagne. Il est un référent sécurité. Important dans notre société qui déteste le risque (petite digression de l'universitaire). Mais là, pas trop besoin de formation : Il suffit de recevoir les bulletins et d'appeler le 112 en cas d'accident.

– Et puis enfin, et surtout, bien trier les ordures pour limiter l'empreinte de l'activité humaine sur une nature si fragile, qu'il convient de préserver, et ainsi, transmettre aux générations futures une planète vivable... ben voyons !

Manon était plus attentive aux conseils de l'universitaire que les gardiens présents. Eux s'étaient formés sur le tas, et ils en connaissaient assez pour gérer leurs affaires comme ils l'entendaient, sans qu'un savant en chambre ne vienne leur expliquer leur affaire.

La table ronde tourna court, faute de motivation des participants. Habitué à ce type de situation, l'universitaire n'en prit pas ombrage. Il avait été indemnisé pour venir, et il passait un bon moment dans ce festival, aux frais de la princesse. Une fois les gardiens partis partager le verre de l'amitié, Manon s'approcha de lui. Il rangeait ses papiers dans sa besace. Elle lui exprima son souhait de changer d'air et, pourquoi pas, son intérêt pour le métier.

Voilà qui tombait à point nommé, lui répondit l'universitaire. Il intervenait précisément dans *la* formation idoine, celle mise en place par l'université de Toulouse à Foix. Manon était bien incapable de situer Foix sur une carte. Sans doute dans les Pyrénées, c'est-à-dire pour elle au trou du cul du monde. Mais ce n'était pas très grave. Elle n'avait plus trop de raison de rester à Grenoble, et six mois de formation seraient vite passés.

L'universitaire lui expliqua qu'elle avait une chance inouïe. Il se trouvait qu'un cycle démarrait quinze jours plus tard. Il savait qu'il restait de la place, et que les étudiants qui suivraient ce cursus sortiraient juste avant l'été. Ils auraient le temps de trouver un poste pour la saison.

La chance de Manon, c'était surtout que le vieux prof était tout émoustillé par sa jeunesse et sa fraîcheur, séduit par son audace vestimentaire et capillaire, qui détonnait au milieu des gardiens en polaires et en doudounes sans manche. Désormais, Manon avait assorti ses cheveux rouge flamboyant aux revers de sa vareuse. Sans davantage sonder ses capacités professionnelles, il lui proposa de l'aider à trouver un refuge à garder. Comme il était à la fédé depuis toujours, il en connaissait tous les administrateurs. Il en toucherait deux mots à Nico…

Nico qui ? se demanda Manon. C'était probablement quelqu'un d'important. Elle avait remarqué que, pour s'auto-gratifier, des gens en mal de reconnaissance parlaient fréquemment des personnes importantes pour elles en ne citant que leur prénom. L'interlocuteur devait s'en contenter, rester dans l'ignorance ou oser demander qui c'était.

IV

Le refuge… Louis l'avait idéalisé, il en avait une idée proche de son sens étymologique : un lieu où on se retire pour être en sûreté et tranquille. Il avait imaginé un nouveau petit nid rien que pour Julie et lui, juste un peu plus loin et un peu plus haut que le chalet. Déjà, l'altitude l'inspirait. Il n'avait pas oublié son reliquat de préservatifs. Il exultait.

Pendant le long trajet à bord de la Twingo de Julie, ils n'en avaient pas parlé. Julie était concentrée sur les routes étroites et sinueuses du cœur du massif. Louis, qui n'avait pas l'habitude des virages, était un peu crispé et nauséeux.

Sitôt garés sur un parking bondé, ils entreprirent de bourrer les sacs à dos et prirent rapidement la direction du refuge. Louis aurait adoré prendre le temps d'une petite sieste au soleil, mais Julie lui dit qu'il ne fallait pas traîner pour ne pas arriver trop tard. Pas trop tard, une notion bizarre dont Louis ne comprit pas bien le sens, mais bon, Julie devait avoir ses raisons, et il lui faisait confiance.

Pendant la montée sur le chemin caillouteux, il commença néanmoins à avoir de sérieux doutes. Tellement de gens l'arpentaient qu'inévitablement, certains d'entre eux allaient aussi s'arrêter au refuge. D'un autre côté, par bonheur, beaucoup de monde descendait, en direction de la route.

En haut d'une grimpette, sur un replat, Julie, qui l'attendait en souriant, lui dit en tendant son bâton en direction de la montagne :

– Regarde, là-bas, au fond du vallon, tu vois, c'est le refuge !

– Là-bas, tout au fond ? T'es sûre ? C'est à au moins deux plombes.

– Non, c'est juste une illusion d'optique, répondit-elle. Tu verras, on y sera dans moins d'une heure si tu daignes te bouger un peu, sans t'arrêter tous les dix mètres. T'arrêter te fatigue inutilement. À partir d'ici, tu vois, c'est presque plat. Pense à la petite bière et à la petite sieste qui t'attendent

Ah, une bière et une sieste ! Cette joyeuse perspective lui donna un regain d'énergie et l'envie de vite arriver au refuge lui donna des ailes, si bien qu'en guère plus de quarante minutes, ils prenaient pieds sur la terrasse. Le cœur léger, Louis gravit les cinquante derniers mètres en courant presque, porté par une intense jubilation.

Il déchanta rapidement en voyant tout cet aréopage de personnages bizarres qui circulait en sabots de caoutchouc et qui faisait sécher ses chaussettes sur les murettes et les barreaux des fenêtres. Tous ces barbus aux cheveux gras et ces filles en caleçons avec des sparadraps sur les talons. Il déchanta surtout lorsque Julie lui présenta leur « chambre ». C'était un sinistre dortoir, meublé de bat-flancs superposés, de chaque côté d'une allée étroite encombrée de sacs à dos. Des rais de lumière coulaient des fenêtres, envahis de millions de grains de poussières en suspension. Une puissance olfactive de haut niveau. Et puis, du linge accroché partout. Et des gens endormis là, en plein après-midi, dans d'improbables couvertures grises. À peu près l'idée que Louis se faisait des camps de réfugiés à la frontière jordano-syrienne. Il aurait fait demi-tour illico presto, si Julie ne s'était révélée parfaitement à l'aise dans ce milieu si hostile. Débarrassé de ses grosses godasses rouges, Louis chaussa les fausses Crocs jaunes que lui tendit Julie et pénétra plus avant dans le dortoir. « T'as de la chance, c'est les dernières. » Ces objets disgracieux avaient au moins le mérite de soulager ses pieds meurtris. Pour autant, de quatre ou cinq pointures supérieures à la sienne, elles ne facilitaient pas sa mobilité. Qu'importait, c'était toujours mieux que de marcher en chaussettes sur ce sol douteux. Julie le précéda dans la pièce obscure, striée de lumières, à la recherche de couchettes disponibles. Des petits tas de vêtements et des sacs à viande étaient disposés stratégiquement, de sorte que trouver deux places côte à côte était mission impossible. Mais, à force d'opiniâtreté, Julie trouva ce qui parut être son bonheur. Au troisième niveau, dans le noir, entre le mur du fond et un type un peu trapu, qui dormait la bouche ouverte. Julie entreprit de déplacer ce monstre recroquevillé entre le mur et la sous-pente du plafond, avec une infinie douceur car, dans son sommeil, il s'était un peu répandu de sorte qu'il débordait sur la couchette voisine. Entre les mains de Julie, qui pourtant s'appliquait à ne pas le brusquer, il émit quelques sons gutturaux, s'agita pour se repositionner sans sortir de sa torpeur et, le cul tourné en direction de la couchette libérée, émit une flatulence tonitruante.

– Ah, non, on ne reste pas à côté de ce pourceau ! s'exclama Louis, qui suivait la scène d'en bas.

– Tu as raison, répondit Julie, en se précipitant sur l'échelle pour rejoindre le plancher avant d'être asphyxiée. On va aller voir le gardien pour qu'il nous ouvre un autre dortoir.

Lorsqu'elle s'était présentée à l'accueil avec sa carte de la fédé, ledit gardien ne lui avait pourtant pas laissé le choix. Ce serait le dortoir numéro 2. Sur le moment, elle ne s'en était pas émue. Le dortoir numéro 1 était déjà plein. Mais, les dortoirs 3 et 4 n'avaient pas été proposés. Ils restaient fermés.

De retour à l'accueil elle exposa sa déconvenue au gardien :

– Bonjour, vous nous avez affecté deux places dans le dortoir numéro 2, mais il est blindé. N'est-il pas possible d'en ouvrir un autre ?

– Comment ça, blindé ? Il y a quarante-huit places. Quand vous êtes arrivés, il restait sept places. Même avec les quatre qui se sont pointés depuis, il en reste encore.

– D'accord, mais ça fait genre promiscuité, et pour trouver deux places côte à côte, c'est chaud.

S'immisçant dans la conversation, Louis crut bon de voler au secours de Julie :

– C'est surtout que les seules places dispos, c'est tout en haut et tout au fond, et le pire de tout c'est qu'elles manquent d'air. Surtout qu'à côté y'a un gros qui lâche des énormes caisses.

– Ah, ça arrive ça. C'est l'altitude. C'est souvent que les gens sont ballonnés.

– Oui, d'accord, mais on n'est pas obligés de le supporter alors qu'il y a d'autres dortoirs.

– C'est sûr. Attendez, je vais voir ce que je peux faire

C'est alors que, de la cuisine, passant la tête par une lucarne, à l'arrière de la cahute de l'accueil, une matrone joufflue intervint à son tour.

– Eh, oh ! Qu'es-tu va faire ? C'est pas plein le deux. Alors t'attends que ça soye plein avant d'ouvrir le trois. Et comme y'a plus de résas ce soir, y'a peu de chances qu'on y fasse.

– Bon, ben, vous avez entendu… On peut rien faire, reprit le gardien, doucement et un peu gêné.

– Comment ça, on ne peut rien faire ? dit Louis, qui tentait de garder son flegme. Donnez-nous la clé du trois, on va l'ouvrir nous-même. Là, c'est un cas de force majeure.

– Non mais, qu'est qu'y veut, l'autre savant ? Y s'croit dans un quatre étoiles ! Et qui c'est qui fait le ménage si tout l'monde y fait comme y veut ici ? Non mais, y'en a qui manquent pas d'air !

– Pour l'instant, ça va, mais pour le coup, là-haut, à côté du pétomane, si, je vous confirme que ça manque d'air, madame, répondit Louis, espérant qu'un brin d'humour aurait la faculté d'adoucir l'autorité suprême du lieu.

– Ben voyons, chochotte, t'es pas non plus obligé de te mettre à côté de lui, y reste d'autres couchettes de libres.

– Oui, mais on est deux…

– Sauf que là, mon garçon, c'est un refuge, pas un lupanar. Y'a rien qui t'oblige à camper près de ta copine cette nuit. Si tu veux être en forme demain, t'as même plutôt intérêt à rester tranquille.

Louis commençait à bouillir. À côté, Julie restait sans voix. Le gardien la regardait avec l'air abattu d'un cocker soumis et vieillissant. Tous trois redoutaient que le dialogue tourne au vinaigre. Alors, par compassion pour le gardien, et par mépris pour la matrone, Louis eut la sagesse d'interrompre la joute dont il percevait maintenant qu'elle n'aurait aucune issue élégante. La matrone était la cheffe, le gardien était son mari, pauvre bougre terrorisé par la puissance dominatrice de sa moitié. La matrone était la patronne. Son mari son mitron. Louis s'estima bien chanceux de n'avoir à passer qu'une nuit dans ce vestige du dix-neuvième siècle.

La tentative de négociation se soldait par une fin de non-recevoir. Le dortoir trois allait rester inexorablement clos. Ainsi l'avait décidé la gardienne, aussi préoccupée par le confort de ses convives qu'un maton des Baumettes après trois jours de mutinerie.

– Allez, ce n'est pas grave, mon Louis, dit Julie. C'est l'affaire de quelques heures de sommeil. Demain, il fera beau et on va passer une super journée en montagne.

– Tu as raison mais là, c'est too much, répondit Louis. Perso, je ne retourne pas dans ce fucking gourbi. J'aime mieux coucher par terre dans la salle à manger. En attendant, je vais boire une binouse en terrasse. Ça m'éloignera des Thénardier.

Louis n'avait aucune expérience de la légendaire hospitalité dont quelques gardiens de refuges alpins s'étaient fait une spécialité.

Outre l'altercation avec la gardienne, il se sentait si éloigné de sa terre urbaine et de sa faune protectrice qu'il ressentait un malaise lancinant.

Après sa bière, fort peu réparatrice, son malaise s'exacerba un moment plus tard à la découverte des deux ignobles cabanons pestilentiels qui constituaient les uniques latrines de l'établissement, campées au-dessus d'un éboulis transformé en réceptacle excrémentiel.

L'heure du dîner ayant sonné, la perspective d'un tête-à-tête avec Julie réenchanta Louis.

– Une table pour deux s'il vous plaît, demanda-t-il à un petit Népalais qui courait avec une soupière en alu dans chaque main.

– Y'a pas, répondit l'autre sans dévier de sa trajectoire, et sans un regard pour le requérant.

Le tête-à-tête imaginé se transforma en cauchemar lorsqu'il prit place face à Julie à l'extrémité d'une table de dix personnes encadrées par un prolixe montagnard à la pilosité exubérante. La qualité du repas, autant que la logorrhée ininterrompue du barbu, eurent raison de son stoïcisme. Il quitta la table avant le dessert pour aller commander un genépi au bar.

Alors qu'il sirotait tout doucement le fond du verre qui lui avait été servi avec parcimonie, Julie alla faire un tour au dortoir pour évaluer les possibilités de permutation sur les bat-flancs. Elle n'avait pas plus que Louis le goût de cohabiter avec le pétomane d'en-haut, ni celui d'être séparée de son amoureux. Elle redoutait surtout que cette première expérience ne le détourne à jamais des refuges. C'eut été dramatique. Sans nuitées en refuge, l'accès à la haute montagne deviendrait infiniment plus compliqué. Ou alors, il leur faudrait choisir leurs courses en fonction de la qualité des refuges. Les possibilités s'en seraient trouvées bien limitées, sauf à passer la frontière suisse.

Après une âpre négociation, et en occultant une part de la vérité quant à son souhait de déménager, elle persuada un couple de monter à côté du pétomane qui, fort heureusement, traversait un épisode anticyclonique. Elle argua de la claustrophobie de son compagnon.

– Vous serez plus tranquilles là-haut qu'à l'entrée du dortoir, avec le va-et-vient des gens qui se couchent tard, de ceux qui se lèvent tôt, de ceux qui sortent faire pipi.

C'est avec beaucoup de fierté qu'elle revint annoncer son succès à Louis.

Leur installation, à l'entrée du dortoir, était un peu moins oppressante. La mise en œuvre d'un périmètre Seveso ne s'imposait pas autant qu'au fond. Mais, tout de même, le concept restait fort éloigné du nid d'amour rêvé par Louis.

Oui, les couvertures étaient immondes. Oui, elles grattaient. Oui, le dortoir était plein comme un œuf. Oui, tous ces gens en apnée étaient des tue-l'amour. Mais son envie de Julie était plus puissante que toutes ces déconvenues. Il percevait qu'elle aussi était en manque de lui. Julie sentait vivement monter son désir. Le bout de ses seins se faisait dur et presque douloureux. Elle frissonnait, et une tiédeur moite humectait le haut de ses cuisses. Elle perdit le contrôle.

– Viens, Louis, on se tire d'ici, on va trouver un endroit plus calme.

En essayant de déranger le moins possible leurs voisins bourrés de somnifère, ils prirent la fuite vivement. Avisant tout au fond du couloir la porte du dortoir des guides, Julie y entraîna Louis. D'expérience, et c'était là un excellent souvenir intime qui la fit sourire en elle-même, elle savait qu'il y aurait des couettes et que le dortoir serait presque vide. Elle n'avait pas repéré beaucoup de guides au refuge durant le repas. Mais ils n'eurent même pas le temps de s'installer. Un grand type torse nu, le cheveu en bataille, se dressa instantanément, à l'évidence surpris par leur incursion inopinée :

– Cassez-vous, c'est le dort'des guidos, z'avez rien à foutre ici !

S'emparant de quatre couettes bien douillettes, Julie et Louis s'échappèrent à la hâte.

– J'comprends pas ce qu'il a, dit Julie. D'habitude ils sont plus cools, surtout quand il y a plein de places.

– D'un autre côté, faut le comprendre, t'as sans doute pas vu qu'il était en train de se faire faire un blowjob par un mec ! répondit Louis.

V

Très éloignée des mésaventures que vivait Julie et Louis, Manon entreprenait de rejoindre les Pyrénées pour démarrer sa formation. Celle qui lui permettrait peut-être de garder un refuge dès la saison prochaine. Elle espérait, sans illusion, que la Fédération lui confierait un établissement moderne et confortable. Mais elle s'était plus prosaïquement tenue informée des projets de réhabilitation des refuges les plus vétustes des Alpes, et en particulier de celui d'En-Haut, le plus insalubre de tous. Depuis toujours, il était tenu par une dynastie de gardiens peu préoccupés par la GRC. Elle rêvait de prendre la suite un jour, simplement parce que les sommets sauvages qui l'environnaient la passionnaient. En particulier le Grand Cerviso. Il n'était ni le plus haut, ni le plus prestigieux, mais, justement pour ces raisons-là, il présentait des faces encore peu explorées et gardait pour elle une part de mystère qui l'attirait. Elle en avait fait la voie normale à ski avec Rudy et sa bande, l'année précédente. Elle s'était promis d'y retourner un jour pour explorer à pied les voies d'accès au sommet.

La reconstruction du refuge n'était néanmoins pas prévue pour tout de suite, et les ignobles gardiens actuels n'étaient pas disposés à partir. Alors elle attendrait, mais elle était déterminée à mettre la pression dès qu'elle aurait fait ses armes dans le métier. C'était son défi.

En attendant, ce qu'elle devait gérer, c'est sa rupture avec Rudy. Et elle savait qu'il ne s'en remettait pas.

VI

Rudy finissait de boucler son sac. Manon était à Foix depuis un mois, alors il avait d'abord imaginé pouvoir la retrouver par hasard, en allant arpenter deux ou trois étapes ariégeoises du chemin de Compostelle. Et puis, il s'était ravisé, prenant conscience du côté saugrenu de l'idée. La ville de Foix était peut-être un peu trop éloignée de l'itinéraire emprunté par les pèlerins. Et si jamais, par miracle, il tombait sur elle, qu'aurait-il à lui dire ? Alors, il mit le cap sur la Corse pour se ressourcer, seul, sur le GR20, et digérer la rupture, tout en tentant de l'analyser. Il n'avait toujours pas compris ce qui ne collait pas entre eux.

En cheminant seul, il en vint à la conclusion qu'elle était partie à cause de ses obsessions. Qu'elle avait raison de les juger maladives. Elles lui avaient fait oublier qu'un peu de tendresse, et l'élaboration de projets communs, eussent suffi à la garder. Au lieu de cela, lorsqu'il était à l'appartement, il réalisait maintenant qu'il vivait à très court terme, les yeux rivés sur son ordinateur, à épier et analyser tous les sites de météo et programmer ses sorties du week-end. Il pensait sincèrement, à ce moment-là, qu'elle serait fière de ses progrès. Ce n'est qu'après s'être trouvé seul, quitté sans ménagement, qu'il eut un sursaut de réalisme. Il lui avait proposé, pêle-mêle, un voyage à Venise, un city-break à Amsterdam, une virée en Ardèche, une visite à la cité du vin de Bordeaux, Vulcania, le Puy du Fou... Tout ce qui lui passait par la tête. Mais c'était trop tard, et sûrement trop tiré par les cheveux.

Il avait conscience que toutes ses propositions n'étaient que pis-aller et rafistolage. Elles n'étaient pas lui, elles manquaient de spontanéité. Au fond, il cherchait à se rassurer lorsqu'il analysait l'inadéquation de ses aspirations monomaniaques avec les envies de Manon. À aucun moment, ni pendant leur vie commune ni maintenant, il n'avait été en mesure d'imaginer qu'elle ne l'aimait peut-être tout simplement pas assez. Ainsi, son désir de reconquête était-il intact, et il recherchait le truc qui allait la faire revenir.

Arrivé dans un gîte au nord du col de Vizzavona, après une longue journée de marche, il fit la connaissance d'un vieux randonneur qui avait l'âge d'être son grand-père.

Il prit alors toute la mesure de son inaptitude à l'errement solitaire. Cette rencontre arrivait à point pour humaniser sa tour d'ivoire. Le vieux, qui mangeait sa soupe avec délicatesse, avait le regard clair empreint de bienveillance. Rudy ne s'attendait pas à rencontrer un personnage aussi soigné dans une contrée d'une telle rudesse. Il s'installa à sa table et, après les traditionnels échanges prosaïques sur leur itinérance, ils engagèrent une conversation plus intime sur leurs motivations. Le vieux n'était pas très loquace, mais il se montrait très à l'écoute. Alors Rudy, qui avait fort besoin de vider sa musette trop lourde, lui parla de son métier d'ingénieur de recherche, de son temps libre et surtout... de Manon, qui l'avait quitté.

– Je l'ai rencontrée à Grenoble, un jour où il pleuvait grave, dans une salle d'escalade. Manon n'y allait presque jamais, seulement pour donner des cours.

Moi, à cette période, j'y étais souvent. Ce jour-là, comme il pleuvait, j'y avais passé tout l'après-midi, avec des potes. Quand ils sont partis, j'ai fait encore quelques longueurs en m'auto-assurant. C'est là qu'elle est arrivée, et que je lui ai proposé de grimper avec elle.

Le vieux écoutait Rudy. Il entendit qu'il était intarissable sur Manon, sa beauté si originale, sa famille. À travers ces mots, il décoda les connivences, mais aussi les gaps qui animaient le couple.

Rudy lui expliqua qu'il était l'héritier d'une lignée de prolos du nord de la France, qu'il avait mis toute son énergie à s'affranchir de la médiocrité de leur quotidien. Manon représentait l'acmé de son émancipation.

Lorsqu'il en vint au contexte familial de Manon, le vieux comprit, en écho, que cela faisait résonance avec son propre vécu. Elle était la quatrième et dernière fille d'un couple de Grenoble. Aisés sans être riches, cultivés sans être intellos, de gauche sans être encartés, écolos sans être macrobio. Bref, une famille de bobos comme il y en a des centaines dans les beaux quartiers de la ville. Des bobos aux bulletins de vote incertains. Des bobos concernés par la démocratie participative, sans s'infliger la moindre réunion sur le sujet. Des bobos manieurs de concepts évanescents selon l'actualité. Bobos pour le mariage gay. Mais bobos bien-pensants et qui, au fond, ne sacrifieraient rien à leur bien-être. Le vieux comprit que Manon, tout comme Rudy, mais dans un autre style, avait pris des chemins de traverses pour s'éloigner des stéréotypes familiaux. C'était cette recherche de singularités qui les avait rapprochés. Puis, l'épreuve de la vie avait eu raison de leur couple, sans que Rudy ne ressente jamais le besoin ni de se remettre en question, ni de manifester son amour.

Le vieux s'amusait de la faconde de Rudy, et parvenait parfois à l'interrompre :

– J'aurais pu les connaître, ses parents, j'étais comme eux. Mais tu vois, ça se soigne… Lorsque j'étais en activité, j'habitais un quartier chic. Je me reconnais bien dans ce que tu me racontes. À cette différence près que je suis resté célibataire. Sans attaches, il m'a été facile de tout lâcher, mes entreprises, ma maison. Pour enfin vivre ma bohème. Sans être pénalisé par le manque de moyens.

Sans prendre la peine d'en savoir plus sur son interlocuteur, Rudy lui fit part de son dernier projet :

– Je vais l'impressionner grave. Dès que je vais rentrer, j'ai décidé de me lancer dans un truc dément. Je vais m'attaquer, par petits paquets, aux quatre-vingt-deux quatre-mille des Alpes. Ça va être possible une fois posés mes congés, mes récups, mes RTT et une petite dose de congés sans solde. J'aurais bien tenté l'enchaînement, mais je ne suis pas trop à l'aise dans les hivernales. Et puis, j'ai quand même quelques contraintes de boulot. Je ne pense pas que ma hiérarchie accepte que je disparaisse du labo plus de trois mois d'affilée. Du coup, je me donne le temps. Deux mois par-ci, trois mois par-là, un peu au printemps, en été, au début de l'automne. Ça devait être jouable en deux-trois ans. Et peut-être, alors, que je retournerai au Grand Cerviso avec Manon. Ce sommet pas bien connu la fait kiffer depuis toujours. Il reste des voies à ouvrir. J'en ai trop envie, de faire ça avec elle…

– C'est tout à fait intéressant, ce que tu me racontes. Mais tu te trompes. Tu veux grimper tous ces sommets ? Alors fais-le. Mais fais-le pour toi. Pas pour espérer le retour de ta copine. Dis-toi plutôt que le fait qu'elle t'ait quitté t'a donné la motivation pour vivre cette aventure. C'est bien comme ça. Vis la ! Mais n'espère pas pour autant son retour. Même si, quelque part, tu vas l'impressionner. Elle sera fière de ce que tu réalises. Mais ce ne sera pas une raison suffisante pour revenir. L'amour, ce n'est pas ça. On aime les gens pour ce qu'ils sont, pas pour ce qu'ils font. Tu sais, lorsque j'ai créé ma première affaire, c'était dans un contexte un peu similaire. Je voulais prouver à ma fiancée de l'époque que je valais mieux qu'elle ne le pensait. Elle est partie quand même. Et moi, j'ai développé des entreprises qui ont bien marché. J'y ai pris du plaisir, et peut-être ne l'aurais-je pas fait sans ce déclic. Alors, fais ce que tu veux faire. Réalise ton projet. Mais regarde devant, et ne cherche pas à te retourner. C'est juste un point de vue. Tu peux le prendre comme un conseil, si tu veux. Au fait, quel âge as-tu, Rudy ?

– Trente-quatre ans, enfin… bientôt trente-cinq.

– Alors, fonce ! C'est l'âge idéal pour entreprendre.

– Carrément. À mon âge, mes parents avaient déjà quatre gosses. Leur vie était toute tracée, et je n'ai pas envie de ça pour moi.

Le vieux tentait de se montrer persuasif, mais Rudy éprouvait quelques difficultés à évacuer le retour de Manon de ses objectifs. Il se disait qu'aucune expérience n'est transposable. Que celle qu'il vivait était unique. Ce n'était pas parce que son contradicteur avait bourlingué aux quatre coins de la planète, sur des bateaux, pour son plaisir solitaire qu'il en serait de même pour lui. Ce n'est pas parce qu'il s'était investi dans des business lucratifs et dans des missions humanitaires, sans jamais s'investir dans une vie de couple ou de famille, que cela correspondait aux aspirations de Rudy. Ce papy, pensait-il en riant sous cape, soignait peut-être, en solo, son barguignage entre la voile et la vapeur des bateaux, mais pas que… Lui, Rudy, bien qu'ébranlé, gardait la certitude que son histoire avec Manon ne pouvait en rester là, et qu'il saurait la reconquérir et mener la cordée qui le conduirait un jour au sommet du Grand Cerviso par une voie difficile, avec elle.

VII

Julie et Louis se dirigèrent vers le refuge d'hiver. Il serait assurément bien glauque, mais il serait désert. Enfin seuls !

Eh non, pas seuls... Sitôt poussée la lourde porte qui grince, ils furent saisis par une forte odeur de tambouille. Deux gaillards hirsutes, en doudoune, se tenaient dans la pénombre. Munis de leurs lampes frontales, ils touillaient de concert dans une gamelle. Elle était posée sur un réchaud, lui-même enfoncé dans le sol de terre battue.

Une drôle de patia de patates, hispanisée au chorizo, formait un gros patacon flasque et élastique dans la gamelle. Le fumet âcre qui s'en dégageait ne laissait aucun doute : le mélange de saveurs n'était pas composé par un chef étoilé. Cependant, les deux cuisiniers le malaxaient et le regardaient avec concupiscence. Ils étaient prêts pour le festin.

D'abord surpris par l'arrivée de Julie et de Louis, ils se retournèrent vers la porte, et ils les accueillirent avec amabilité, avant de retourner à leur création gastronomique.

– Bonyour !

Dépités par leur découverte, contrariés de devoir partager cet espace minuscule, incommodés par les arômes improbables qui envahissaient l'espace, les deux tourtereaux se résignèrent, de guerre lasse, à abandonner leur projet érotique.

Louis se tenait debout dans l'embrasure, le nez enfoui dans sa couette, le temps de s'habituer à cette curiosité culinaire.

– Bonsoir, répondit Julie, il y a un peu de place pour nous, ici ?

– Oui, pas provlème, ya la place en haut.

– Super, merci. Moi, c'est Julie. Lui, c'est Louis.

Les deux sauvages passèrent à table, tandis que Julie et Louis installaient leurs couettes sur un minuscule bat-flanc, bien au frais. Le niveau de performance énergétique du refuge d'hiver n'était pas labellisé BBC. Construit en pierres sèches qui, avec le temps, s'étaient sensiblement disjointes et désolidarisées de la charpente, le refuge laissait passer l'air de toute part. Le vent, qui s'était levé, introduisait chacune de ses rafales à l'intérieur, et le froid était saisissant. Seul le réchaud apportait un semblant de chaleur.

La succession de désillusions que Louis subissait depuis qu'ils avaient quitté le parking le rendait philosophe. Il appréciait la flamme du réchaud. Elle lui rappelait la douce chaleur de la cheminée dans le chalet d'alpage des parents de Julie. Il appréciait davantage encore les rafales, auxquelles il accordait une fonction d'extracteur surpuissant, qui pouvait débarrasser la pièce de cette odeur de cuisine encore prégnante.

Les nouveaux acolytes de Louis et Julie allaient s'avérer d'agréables compagnons. Ils se présentèrent à leur tour.

– Moi, me iama Luis, casi como toi, et lui, c'est mon hermano Alejandro. Son français, c'est comme una vaca spagnole.

Alejandro qui en effet ne parlait pas un mot de français, devait avoir l'habitude de la galéjade de son grand frère. Il en riait franchement.

Arrivés tard au refuge, directement de l'Aragon espagnol, ils avaient fait la route d'une traite. Ils ambitionnaient d'ouvrir une voie nouvelle, en face nord, sur le Grand Cerviso, le sommet que Julie allait faire découvrir à Louis par la variante PD de la voie normale. Les Espagnols non plus n'avaient pas imaginé devoir partager leur chambrette. Ils aspiraient à la tranquillité et à la concentration, car ils devaient se lever bien avant potron-minet pour tenter de sortir leur voie en moins de deux jours.

Après leur repas – en fait de repas, ils se sont contentés de la patia odorante – ils proposèrent au couple de partager une petite flasque de gnôle. Si Julie déclina l'offre, trop habituée aux tord-boyaux souvent proposés par des montagnards si fiers de leur production personnelle, Louis ne se fit pas prier. Le breuvage avait du caractère. Sans réfléchir, il s'en mit une bonne rasade dans le gosier, et resta un temps la bouche ouverte, tentant de rafraîchir ses papilles endolories. La mixture lui avait brûlé la langue, occis les cordes vocales, coupé la respiration, dilaté les pupilles et réchauffé le haut des oreilles.

Il resta un moment debout et immobile. C'était la seule position qu'il était capable de tenir le temps que l'effet de l'alcool ne se dissipe, et que ses sens ne reviennent.

Les Espagnols, qui se doutaient de la réaction de Louis lorsqu'ils l'eurent vu boire cul sec, étaient hilares. Quelques minutes plus tard, il fut à nouveau d'attaque, et prêt pour une deuxième tournée, qu'il dégusta par micro-dosettes.

Après avoir trié leur mètre cube de quincaillerie à la lueur de leurs frontales, les Espagnols expliquèrent à Julie et Louis qu'ils avaient repéré une ligne magnifique sur la face. A priori, personne ne s'y était jamais risqué. Ils n'en étaient pas à leur première première, mais celle-ci serait leur dernière. Ils avaient ouvert des voies dans les Pyrénées, mais rien de très majeur, et encore jamais rien dans les Alpes. L'entreprise était ambitieuse, et ils souhaitaient conclure ainsi leur carrière d'alpinistes de haut niveau, avant de se consacrer à leur métier de guides, sur les traces de leur père, à encadrer leurs clients sur des terrains moins engagés, voyager sur les montagnes du monde, et passer plus de temps avec leur famille. Luis annonça fièrement que sa compagne venait d'avoir leur premier enfant, et qu'il allait lui dédier cette dernière première. Quant à Alejandro, il n'avait pas encore de descendance, mais ce serait son prochain projet, sitôt rentré à la maison. D'un savant mélange d'espagnol, d'italien et d'anglais, il exprima son désir de parcourir le monde, sur la terre et sur la mer, avec sa copine et une ribambelle de petits, dès qu'ils les auraient conçus.

La veillée fut courte, mais l'osmose totale. Louis vibrait avec les Espagnols. Son ressentiment de l'après-midi envers les montagnards s'estompait. Ils avaient su mettre l'accent sur des notions qui lui étaient familières : la performance, la créativité, la nouveauté, l'esthétisme. Passionné de street-art – il n'en avait pas encore parlé à Julie – il trouvait chez Luis et Alejandro un engagement comparable à celui des artistes qu'il vénérait. Il menait son business en portant ces valeurs. C'est grâce à elles que, chaque jour, la passion l'animait, et qu'il réussissait si facilement dans son job. Il appréciait tout autant leur sagesse dans le renoncement, et la lucidité avec laquelle ils abordaient leur changement de trajectoire. Il ferait de même lorsqu'il n'aurait plus le feu sacré, et prendrait une activité plus paisible. La différence était néanmoins colossale. Lui, en cas d'échec, ne risquait au pire qu'une banqueroute. Alors qu'eux engageaient leur vie, et cela forçait son admiration. Admiration certes teintée d'incompréhension face à la gratuité de leur audace. Ils n'attendaient ni fortune ni notoriété de leur art. Ils grimpaient pour le plaisir d'aller se faire peur et se geler sur des parois impossibles, le tout avec humilité et réalisme.

– Si tou fais le sommet, t'as pas gagné. Si tou te toues à la descente, t'as perdou.

Et de rigoler… Le fait qu'ils aient décidé de tourner la page après l'ascension du lendemain humanisait les deux ibères, et Louis avait diablement envie de les revoir dans leur vie d'après. Envie partagée.

– Tou nous féras la poub et tou nous féras vénir pour les conférences et les team bouilding ?

Échange d'adresses de mail et de numéros de portables, et tout le monde au lit. Julie s'endormit rapidement, non sans s'être pelotonnée sous sa couette, au constat qu'il faisait un froid « genre sibérien ».

À deux heures, presque sans bruit, et alors qu'il faisait nuit noire, les deux alpinistes quittèrent le refuge d'hiver après une très courte nuit.

– Adiós. Nos vemos más tarde.

Louis, qui ne dormait cette nuit-là que par petites séquences agitées, les attendait dehors pour assister à leur départ.

– Hey, Louwis. Qué estás haciendo aquí ? lui demanda Luis.

– Je voulais vous voir partir. Je n'arrive pas à comprendre ce qui vous pousse à faire ça.

Laissant Alejandro prendre le chemin de la face, Luis prit le temps de se poser face à Louis et lui dit droit dans les yeux :

– Louwis, tou as des pasiones dans ta vie, ye souis sûr. Pero tou connais pas la montagna. La montagna, pour Alejandro et pour moi, c'est très fort. C'est oune pasion familiale. Et touyours, tou cherche la ruta ideale pour toi. Esta ruta Grand Cerviso, on la regarde desde mucho années. Elle est pas perfecta pour tout les gentes, pero pour nous es une ruta tant esthetique que es la ruta ultima, la ruta che ye voy donner a my enfant. Si un your tou fais la montagna comme pasion, tou vas comprendre. Tou vas chercher la ruta ultima, y un your, tou vas la trouver.

Puis, souriant de toutes ses dents, il termina en lui disant: Adiós, mon ami, se fuerte!

Luis s'était exprimé avec une telle gravité que Louis en eut la chair de poule. Lui, qui ne s'intéressait qu'aux cultures urbaines, se dit que ses passions n'étaient rien, en termes d'intensité. Puis il retourna s'allonger auprès de Julie, sans vraiment trouver le sommeil.

À quatre heures, Julie et Louis quittèrent à leur tour la chapelle sixty nine, ainsi baptisée par Louis en hommage à l'étreinte nocturne qu'il avait fantasmée, occis par la marche à pied et l'excès de bières, la gnôle et les courants d'air. Il était ébranlé par les mots de Luis, par ce concept de voie ultime qu'il n'avait pas su partager avec Julie. Étrange et à la fois tellement excitant. Luis lui avait semblé être touché par une forme de grâce, qu'il n'avait perçu chez aucun des occupants du refuge. Ceux-là devaient, pensa-t-il, se trouver à des années-lumière de la Voie Ultime.

Arrivés dans le local au matos, ils retrouvèrent le guide affairé à vérifier l'encordement de son jeune client.

Apercevant le couple, il s'exprima, en sourdine mais fermement.

– Vous, vous fermez votre gueule, sans ça, ça va pas le faire.

Très étonné par ce ton menaçant, Louis s'enquit auprès de Julie de la raison d'une telle agressivité.

– J'vois pas pourquoi, il fait ce qu'il veut de son cul.

– C'est normal, tu te rends compte! Si ça se savait dans le milieu, qu'un guide baise avec son client, surtout un guide de Cham.

D'un coup il serait grillé. Mais, enfin, un guide homo, tu vois le truc ?

Ah, les valeurs de la montagne, se dit Louis en souriant intérieurement. Elles sont sûrement magnifiques, mais la tolérance et l'ouverture y sont un peu à l'étroit. Au retour de leur course glaciaire cotée PD (il ne manquait plus que ça), il serait urgent qu'il présente à Julie son monde à lui, son monde « normal », où l'on se contrefout de l'entraide, de la solidarité et du dépassement de soi, mais un monde sans dogmes, sans barrières, un monde où l'on ne juge pas les différences.

Sur ces considérations de haute portée sociétale, Louis se détourna pour mettre quelques fruits secs dans la poche supérieure de son sac. C'est bien la seule chose dont il gardait la maîtrise. Julie profita de la présence du guide dans le local au matos pour aller récupérer les couettes au refuge d'hiver et les remettre dans le dortoir sans risquer une nouvelle volée de bois vert.

Avant d'affronter la course PD, il était plus que temps de prendre le petit-déjeuner. La salle à manger commençait à se vider doucement. En baillant aux corneilles, Louis suivit Julie. Il restait encore peu motivé pour passer une longue journée de crapahute dans la montagne, à s'essayer à une nouvelle discipline qui l'obligeait, de surcroît, à s'accoutrer de l'équipement emprunté au père de Julie.

Ses sens étaient toujours en éveil pour analyser le comportement des humanoïdes grimpants. Puisque Julie l'avait entraîné dans cette expérience un peu surréaliste, aux antipodes de ses us et coutumes, il en ferait une expérience holistique. Il se nourrirait de tout, le froid l'altitude, l'effort, le vertige, l'inconfort, et surtout, les gens… Le même aréopage que la veille s'affairait entre la salle commune et le local du matériel.

Julie le sortit de sa méditation :

– Il faudrait peut-être commencer à petit-déjeuner, si tu veux qu'on s'en aille d'ici.

– Oh, y'a rien qui presse, il fait encore nuit.

– Oui, mais la montagne appartient à ceux qui se lèvent tôt.

– Qu'est-ce que ça veut dire ? Encore un aphorisme dont les vaillants montagnards ont le secret ?

– Non, pas du tout. Mais si tu traines trop, la descente sera un calvaire. La neige transforme vite à cette saison, et si tu ne veux pas t'enfoncer jusqu'au haut des cuisses à chaque pas, on a intérêt à ne pas tarder. D'autant que je n'attends pas de toi les performances de Kilian Jornet.

– Je sais pas de qui tu parles, mais non, tu as raison, je ne pense pas faire une perf, dit-il en repensant à sa nuit agitée et sans sommeil.

VIII

Manon était à Foix depuis deux mois. Ce qu'elle apprenait n'était pas inutile, mais l'enseignement qu'elle subissait lui laissait tout le temps de gamberger, de revenir sur les années qu'elle venait de vivre et de se projeter vers le nouvel horizon professionnel qu'elle avait choisi. Elle conservait l'espoir de se voir confier un refuge dès la saison suivante. N'importe lequel pourrait lui convenir, juste pour se mettre le pied à l'étrier, avant d'espérer garder un jour un établissement moderne et confortable tel que la fédération en rénovait depuis quelques années.

Elle résistait aux assauts téléphoniques de Rudy, qui lui laissait de longs messages successifs, fractionnés par la capacité d'accueil limitée de sa boîte vocale. Il était en Corse. Elle lui manquait beaucoup. Il voulait lui parler d'un « grand projet alpin, carrément un truc dément ». Il s'y préparait.

Un soir, après les cours, elle était passée chez le coiffeur pour se faire faire une teinture bleue. Pour elle, cela marquait la fin d'un cycle. Au diable les cheveux rouges flamboyants, au diable la vie conjugale. Au diable les commérages de la coiffeuse et de ses clientes, sourdes aux questions.

– Z'êtes sûre pour la couleur ? C'est soutenu.

Alors pour entériner son choix, fût-il audacieux, d'un nouveau départ, elle s'était mise dans une bulle et se repassait le film de sa coexistence avec Rudy. Comment avait-elle pu passer toutes ces années avec un conjoint aussi étanche à ses rêves ? L'habitude, sans doute. Le confort aussi, de cette quiète existence dont il est si difficile de se départir. Il était gentil, Rudy. Mais il était tellement convenu, tellement incapable de la surprendre. Et tellement peu attentif à ses attentes. Il ne comprenait probablement pas pourquoi elle l'avait quitté, après trois ans de vie commune.

La décision n'avait pas été facile à prendre. Elle avait eu peur de créer un cataclysme dans sa vie si bien ordonnée. Avec Rudy, qui était tout le contraire d'un aventurier, il ne pouvait rien lui arriver. Non pas qu'il fût dénué de passions, mais, aux yeux de Manon, ses engouements relevaient davantage de la fébrilité, voire de la frénésie compulsive, que de l'ivresse de l'inconnu. Tout était sous contrôle. Et tout tenait en peu de mots : VTT, ski de rando, grimpe en salle.

Voilà les trois activités auxquelles il consacrait le plus clair de son temps quand il quittait son bureau. Il était l'archétype de « l'ingénieur à Grenoble », le vrai, celui qui va à Paris une fois par semaine, mais à la journée seulement, et qui pose des RTT en chaîne lorsque « les conditions sont bonnes ».

Dès qu'il était de retour, il postait les détails de ses randos sur Skitour, même les plus insignifiantes, avant même de prendre sa douche. Il y avait urgence ! L'information sur la toile était pour lui une absolue nécessité. Elle ne pouvait attendre. Manon se remémorait l'odeur de sueur musquée qui envahissait le salon lorsqu'il tapait sur son clavier. Dans les premiers temps où il se fit contributeur du site, Rudy lui faisait relire ses comptes rendus. Elle était effarée par ses singularités orthographiques, ses fantaisies de syntaxe et ses inventions grammaticales. Quelquefois, une lecture phonétique à haute voix s'imposait pour une claire compréhension du sens. Elle devait s'y reprendre à plusieurs fois, en révisant la ponctuation, pour être sûre d'éviter les non-sens.

Même si c'était la dix-millième fois que la sortie « Chamechaude versant ouest » était renseignée, qu'importait ! Il semblait que, pour Rudy et ses acolytes, le post du retour était plus jouissif que la sortie elle-même. C'était horrible. Manon ne pouvait plus souffrir ce charabia qui soudait la communauté dans ce qui lui apparaissait de plus en plus comme une charia skitourienne, vécue sans recul ni retenue par ces salafistes du dénivelé.

Après douze Chamechaude, dix Grands Vans par Casserousse, huit cimes de la Jasse et quinze tricotages autour du Charmant Som, Manon avait définitivement cessé de s'instruire sur les joies du ski de rando autour de Grenoble en avant-taf, après-taf et au lieu de-taf.

Lorsque Rudy avait débarqué de son nord natal, après ses études d'ingénieur en région parisienne, il n'avait qu'une idée en tête : trouver un poste à Grenoble pour aller faire du ski, alors qu'il n'avait encore qu'un piètre niveau acquis sur le tard au cours de stages UCPA. Force était de reconnaître que son opiniâtreté l'avait conduit à un niveau acceptable. Encore bien éloigné cependant de celui de Manon. Elle, c'était une excellente skieuse, traçant des courbes régulières et rapides sans effort, quelles que soient les conditions de neige. Lui était devenu un skieur poussif et passe-partout, se sortant de toutes les situations dans un style peu élégant, mais finalement efficace, ponctuant ses descentes de lourdes chutes sans gravité à chaque changement de neige.

Lorsqu'ils s'étaient rencontrés, Manon aimait bien faire de la rando avec Rudy. Elle tentait de lui inculquer quelques notions de bien-être à ski, afin de lui rendre ses descentes plus agréables. Mais il semblait définitivement sourd à ses recommandations, inapte à comprendre que sur deux skis, c'est mieux que sur un seul. Que droit dans ses chaussures, c'est plus facile que le cul en arrière dans la profonde. Elle en avait finalement pris son parti, le laissant se bagarrer avec son style très personnel.

Alors qu'il multipliait les sorties avec ses coreligionnaires skitouriens, Manon privilégiait une pratique plus poétique à base de raids au soleil, sans pression, sur de beaux sommets, avec ses amis d'avant, en Italie, en Suisse, et dans des destinations plus exotiques comme le Maroc, la Turquie ou le Liban. À plusieurs reprises, Rudy était venu avec elle, mais il n'était pas toujours le bienvenu. Il était en décalage permanent, voulant rajouter du dénivelé aux étapes, ne parlant que de ski, voulant se coucher tôt pour mieux profiter du lendemain, ne voulant jamais jouer au tarot, ni goûter le genépi. Dès la fin du raid, sitôt rentré dans l'appartement, Rudy se jetait comme un damné sur son ordinateur pour une longue séquence « infos » qui durait jusqu'à tard dans la nuit. Des pages truffées de fautes venaient alors inonder son blog et d'autres sites de ski, d'alpinisme et de randonnée.

Sa version des évènements, rédigée dans son style rapport de stage, linéaire, chronologique, ordonné et numéroté, manquait singulièrement de relief. Pas le contenu du récit, en revanche. Le relief auquel il faisait référence prenait quelques libertés avec la réalité vue par les autres membres de l'équipe. Les pentes à trente-cinq degrés devenaient des murs à cinquante degrés, les vents de cinquante kilomètres-heure se faisaient tempêtes avec des pointes de cent vingt, les combes se transformaient en couloirs, la neige dure se mutait en glace vive. Et, au cas où le lecteur eût pu mettre en doute ces affirmations, il joignait une foison de photos à ses textes, prises en penchant systématiquement son appareil pour accentuer l'inclinaison de la montagne, selon la méthode Sylvain Saudan, revisitée par Eric Woerth. Et peu importait si les sapins poussaient de travers.

Une fois rangés les skis, sans répit, il enfourchait sauvagement son VTT, toujours dans le même esprit de compétition, ajoutant distances et dénivelés à chaque sortie d'avant et après taf.

Et quand il avait plusieurs jours de RTT cumulées, il programmait des courses en haute montagne avec quelques amis de circonstance.

Hiver comme été, quand les plus radicaux passaient à la maison, c'était toujours pour préparer la prochaine sortie. Et quand ils restaient à dîner, les conversations récurrentes traitaient d'un unique sujet : le sport, le sport et encore le sport. Le sport dans tous ses états, les perfs, le matos. Ah, le matos ! Ils pouvaient tenir des heures sur les coinceurs et les grigris, sur les fourches en carbone et les moyeux de roues, illustrant leurs débats de travaux pratiques sur le vélo de Rudy, qui campait au salon au milieu de ses outils et de ses burettes d'huile.

– C'est dingue, ces roulements, ça change tout. Mate un peu, clic, clic, clic. Tu lui donnes un peu d'élan, et ça tourne au moins deux minutes. Avec une potence un peu plus courte, tu gagnes en stabilité. En descente, c'est majeur.

Manon se remémorait ces litanies, qui revenaient en boucle. Des histoires que Rudy révisait dans les toilettes, assis au milieu d'une pile de VTT Mag, de Montagne Mag, et de numéros collector d'Alpirando chinés dans une brocante, qu'il feuilletait quotidiennement.

Elle en était arrivée à ne plus voir que les travers de Rudy. Et pourtant, elle avait été séduite, au début, par l'ingéniosité et la fiabilité de ce garçon qui « savait tout faire », qui bricolait avec précision ses fixations de ski ou ses dérailleurs de vélo, qui résolvait les bugs informatiques de son ordinateur et remettait en état la vieille tondeuse à gazon de son père. Il était même parvenu à remettre en marche un VéloSolex hors d'âge qui croupissait au fond du garage familial depuis des décennies.

Elle l'avait trouvé beau, aussi, avec ses grands yeux bleus, sa blondeur nordique et la puissance qui se dégageait de son corps massif. Elle avait adoré le paradoxe entre le classicisme de ses tenues vestimentaires et la modernité de son adaptation à toutes les applications installées sur son smartphone. Elle avait été impressionnée par la facilité avec laquelle il naviguait d'un réseau social à l'autre.

Trêve de billevesée, le plus compliqué à gérer, dans la conduite de la rupture, c'était que Rudy plaisait beaucoup à ses parents. Il incarnait une forme de stabilité, et ça les rassurait. C'était la première fois qu'elle leur présentait un garçon sagement coiffé, sans piercing, sans amulettes, sans tatouages, sans rien des stigmates qui caractérisaient ses amis bohèmes.

IX

Louis ne se montra finalement pas si rétif, et la course PD se déroula sans trop d'accrocs, si ce n'est ceux qu'il fit à son pantalon en y plantant ses crampons.

De retour, Julie et Louis récupérèrent leurs affaires au refuge d'En-Haut et, après une bonne pause sur la terrasse que Louis apprécia plus que tout, ils entreprirent de passer un « petit col de rien du tout », dixit Julie, pour rejoindre le refuge d'En-Bas, dans une autre vallée, parce que « en alpinisme, quand tu as la chance de pouvoir faire une boucle, ça te donne encore plus le sentiment d'un voyage exceptionnel », dixit encore Julie.

Jean-Paul, le gardien, était un grand gaillard jovial et sympathique. À leur arrivée, il leur souhaita la bienvenue et demanda des informations sur les conditions. Il adorait voir arriver des alpinistes descendus du col, cela le changeait de sa clientèle ordinaire de randonneurs, pour qui le refuge était le but ultime. Louis apprécia le contraste avec l'accueil de la matrone au refuge d'En-Haut. Il se montra même presque éloquent sur le bonheur de cheminer sur les glaciers.

Après avoir chaussé les inévitables fausses Crocs, Louis, bien entamé par sa journée, fit rapidement le choix de l'horizontalité et de la quiétude dans un bat-flanc du dortoir. Un peu plus tard, Julie le retrouva alors qu'il lisait un vieux magazine sous un amas de couvertures grises. Elle se glissa toute habillée sous les couvertures et trouva Louis nu comme un ver. Il abandonna aussitôt sa lecture, prêt pour le grand jeu. Mais rien ne se passa comme il l'avait espéré. Julie refusa de se déshabiller. Si seulement il n'avait pas oublié son sac à viande au refuge d'En-Haut…

Décidément, la montagne n'est pas propice aux ébats amoureux. Louis se rhabilla, convaincu à présent qu'en effet, rester en tenue d'Adam dans les couvertures qui ont reçu tant d'autres créatures à l'hygiène douteuse au fil des décennies n'était pas très raisonnable.

Le lendemain matin, le refuge était calme, presque vide. On entendait juste un bruit de moteur, au loin, au-dessus du refuge d'En-Haut…

– Y'a l'hélico qui tourne, annonça Jean-Paul.

– C'est pas interdit, par ici ? S'enquit Louis.

– Si, mais là, c'est les secours. Il doit y avoir un problème. Je vais appeler Gisèle pour savoir ce qui se passe.

– Gisèle ?

– Oui, la gardienne du refuge d'En-Haut.

– Ah, la mégère qui tyrannise son mari.

– Là, je peux pas dire le contraire. Tu as bien analysé la situation. Tout le monde les connaît. Lui, il est brave mais c'est elle qui gère. Le refuge se transmet de génération en génération, et c'est elle l'héritière. Alors, Dédé il fait canard, sinon il dégage. Depuis qu'elle a appris que le refuge allait être refait, elle est encore plus pénible. Elle sait qu'il sera fermé l'an prochain, et après, pas sûr que la fédé lui donne la priorité pour le gardiennage.

Sur ces considérations, Jean-Paul s'éloigna pour téléphoner.

Il revint auprès de Julie et Louis.

– Ça a l'air grave. Y'a une cordée qui a dévissé en face nord du Grand Cerviso, mais elle ne sait rien de plus. Apparemment, c'est pas des clients du refuge. Tous les gens qui y étaient ce week-end sont rentrés.

Julie se tourna vers Jean-Paul.

– Ils s'étaient peut-être tanqués dans le refuge d'hiver, en loucedé ?

– Ça c'est possible. Normalement, Gisèle vérifie, histoire de taxer quelques euros aux resquilleurs, mais, quand le refuge est blindé, il lui arrive d'oublier de faire sa tournée le soir. Et le matin, ils sont souvent partis. Le squat des refuges d'hiver, c'est une pratique courante chez les grimpeurs. Ça arrive souvent ici, mais je laisse faire…

Louis assistait à la conversation sans s'en mêler. Il ne se rendait pas compte de la situation. Une cordée avait dévissé… Les secours allaient la chercher et tout irait bien. Julie était, quant à elle, beaucoup plus inquiète.

– J'ai un mauvais pressentiment. Mais, en vrai, on ne sait pas s'il y avait d'autres cordées dans la face. C'est peut-être pas eux…

Jean-Paul faisait des allers et retours entre le téléphone et la salle de séjour.

Les nouvelles n'étaient pas bonnes. Une cordée de deux personnes s'est écrasée sur le glacier. D'après les observations du PGHM, il n'y avait qu'une cordée dans la face, et les grimpeurs s'étaient engagés très haut sur la paroi. Ils ouvraient une nouvelle voie, dure, et ils avaient passé toutes les difficultés techniques. Ils étaient sur le point de sortir au sommet lorsque l'accident s'est produit, sur un terrain mixte. On en saurait plus après les prochains survols, mais il semblait qu'avec les grosses chaleurs de ce début d'été, le permafrost était devenu fragile. D'ailleurs, il y avait pas mal de chutes de pierres depuis quelques jours. Un ancrage avait dû lâcher. Le problème, c'est qu'on ne savait pas qui c'était. De nombreux alpinistes avaient repéré cette ligne, mais personne ne l'avait encore tentée. Et là, c'est une cordée anonyme qui s'y était lancée, sans rien dire à personne…

Nouvel appel téléphonique de Jean-Paul, qui avait ses entrées au PG.

Plus aucun doute n'était permis. Les gendarmes ont récupéré les corps dans le pierrier au pied de la paroi. En très mauvais état. Deux jeunes bien équipés, sans papiers d'identité. Les seuls indices qui pourraient permettre de les identifier : des vivres de courses de marque espagnole et, dans le rabat d'un sac éventré, la photo d'un beau mec aux cheveux longs et d'une jolie brunette sur laquelle était écrit à la main : « Te quiero, Luna mi amor. Luis »

X

Cet été fut marqué par quelques drames en montagne. Comme chaque année, du reste. Mais, pour Manon, l'accident de deux alpinistes espagnols sur la face nord du Grand Cerviso avait un accent tout particulier. La presse grand public s'en était fait modestement l'écho, en mettant l'accent sur l'imprudence des alpinistes et les dangers de la montagne assassine. Elle avait découvert un entrefilet de quelques lignes dans *La Dépêche du Midi*, qu'elle feuilleta distraitement dans un bar avant la reprise de ses cours. C'est un sommet qui la faisait rêver depuis toujours, un sommet dont on ne parlait jamais parce qu'il était moins haut que les sommets alentour, et parce qu'il ne s'y passait pas grand-chose. La voie normale y était empruntée par des cordées débutantes qui se préparaient à des ascensions plus prestigieuses depuis le même refuge, ou par des skieurs qui recherchaient l'isolement hivernal. Une variante, un peu plus dure, n'était pas très fréquentée. Quant à la face nord, elle présentait des lignes assez esthétiques, mais le rapport difficultés-prestige n'était pas favorable à l'enthousiasme des alpinistes en quête de reconnaissance. Elle éprouvait de l'admiration et de la sympathie pour ces deux illustres inconnus qui étaient allés s'y frotter en dehors de tout circuit médiatique. Elle se souvint de sa dernière incursion dans le massif avec Rudy, quelques années auparavant. Elle le connaissait encore assez peu. C'était juste après avoir fait la connaissance de sa famille, qu'il avait jusqu'alors beaucoup rechigné à lui présenter.

Rudy l'avait prévenue, il était issu d'un milieu modeste… Malgré tout, l'idée qu'elle s'en était faite était encore bien éloignée de la réalité. Le père, Raymond, profitait d'un mois de vacances bien mérité pour regarder le tour d'Italie à la télé en fumant des clopes et en buvant des bières en marcel blanc, écrasé par la chaleur moite de l'appartement. La mère, Martine, s'ébrouait entre les casseroles et l'aspirateur en suant sang et eau. Entre eux, le contraste était saisissant. Elle était aussi grande et massive qu'il était chétif. Il était aussi discret et fermé qu'elle était tendre et volubile. Elle avait tout de suite adopté Manon, qu'elle étreignait au point de lui faire tourner de l'œil, victime de l'étouffement et de l'odeur musquée de ses dessous-de-bras velus. Elle insistait pour l'amener au Super U, la sortie-loisir quotidienne. Le contenu du caddy effrayait Manon, qui était habituée à un meilleur équilibre alimentaire. Martine n'achetait que des produits « premier prix ». Des chips, des surgelés, des barquettes de saucisses pour le barbecue du balcon (vive l'été dans la cité), des glaces. Bref, de la malbouffe qui avait un effet direct sur l'IMC de toute la famille, à part Raymond qui fumait trop pour avoir de l'appétit, et Rudy, qui avait pris le contrepied de la culture familiale dès lors qu'il eut quitté le foyer pour aller faire des études. Ce faisant, il avait emprunté une voie gastronomique et diététique bannissant tous les gras saturés vénérés par ses frères et sœurs. Rudy était athlétique. Rebecca était grosse, Ronald était gros, Rihanna était grosse, Richie était gros. Ils étaient tous gros. Ils n'avaient jamais quitté le giron familial. Tous avaient un prénom qui commence par un R. C'était l'exigence de Raymond, fils aîné de René, petit-fils de Robert, pour symboliser la Réussite. Question de style, Martine et Raymond avaient choisi pour leur progéniture des prénoms à consonance anglo-saxonne, parce que « c'est la classe »… Dans cette famille, Rudy, qui détestait son « prénom à la con », avait tous les stigmates de l'erreur de casting. Quand Manon avait rencontré ce jeune ingénieur sportif, si propre sur lui, elle ne lui avait pas imaginé de pareilles origines. C'est assurément ce qui avait renforcé l'affection qu'elle lui portait avant qu'elle ne se lasse de lui. Et ce qui justifiait tous les efforts qu'il faisait pour renier ses racines. Elle ne comprenait cependant pas qu'il puisse autant se comporter en étranger avec eux, et eux avec lui. Il n'était allé les voir que deux fois en six ans, et, à l'évidence, il ne leur manquait pas beaucoup non plus.

Le lendemain du drame, Rudy l'avait appelée. Elle avait découvert son message :

– Tu as vu, y'a eu deux morts au Grand Cerviso, ton sommet fétiche. Ça craint. Tout le monde en parle ici.

Il semblait que la presse alpine, et les réseaux sociaux dont il était coutumier, aient un peu mieux relayé l'information que la presse pyrénéenne.

– Toujours partante pour y retourner ? Moi, je suis à fond. Je m'entraîne grave. Tu verras. Au fait, j'ai un super projet. Faudrait que je t'en parle.

Rudy sautait sur tous les prétextes pour l'appeler et pour solliciter une suite à leur ancienne idylle. Décidément, il n'arrivait pas à se faire à l'idée que leur histoire était terminée. Manon nourrissait toujours le projet de revenir dans le massif, mais pas pour faire de l'alpinisme avec Rudy. Elle avait plutôt en tête de pouvoir, un jour, plus tard, garder le magnifique futur refuge dont l'universitaire lui avait montré les plans.

XI

Tout avait si bien commencé. Louis avait rencontré une fille exquise, toute jeune, toute mignonne. Elle était décidée à lui faire partager sa passion pour la montagne. Le petit week-end cocooning dans le chalet d'alpage de ses parents avait été un enchantement. Le sexe avait été l'essentiel de leur activité alpine et cela lui convenait bien. Mais la suite s'avéra moins glorieuse. De l'apprentissage de la vie en refuge, à la chute mortelle de ces deux grimpeurs, pour lesquels il avait éprouvé une si profonde sympathie, au cours de leur improbable sortie en montagne.

À la descente du refuge, il n'évoqua pas l'accident des Espagnols. Lorsque Julie, encore ébranlée, aborda le sujet, il ne manifesta rien qui puisse laisser imaginer de sa part un quelconque intérêt pour cet événement. Il ne s'exprima pas, évita le sujet, parla de mille autres choses.

Réel ou simulé, un tel détachement indisposait Julie. Elle commença à prendre en grippe ce bobo lyonnais des beaux quartiers qu'elle avait eu le tort de « kiffer comme une conne ». Elle n'espérait plus le faire évoluer, lui faire partager son engouement pour la montagne et la nature. Décidément, sa citadinité s'accommodait mieux des virées nocturnes et des salamalecs de comptoirs que de la contemplation des joyaux alpins.

Julie analysait mal ce que dissimulait l'attitude fuyante de Louis. Sur le trajet du retour, il ne fut pas très bavard mais il ne fut pas non plus de mauvaise compagnie. Alors que Julie conduisait prudemment, il jouait avec l'autoradio pour rechercher les stations qui passaient de la bonne musique, et il zappait dès qu'arrivaient les infos.

Elle le connaissait si peu. Il était aussi bavard sur son mode de vie qu'il était discret sur tout le reste. Elle le soupçonnait de mettre volontairement de la distance entre eux. Il insistait trop sur ses soirées déjantées pour être intègre sur sa famille, son agence et les passions qui l'animaient.

Les semaines qui suivirent, leurs rapports se distendirent. Louis n'était plus l'amant passionné qu'elle avait connu. Certes, il gardait de belles érections dont elle se délectait, mais la relative désinvolture qui suivait leurs ébats commença à démotiver Julie, qui attendait autre chose de leur relation.

En fait, Louis était sévèrement préoccupé. Il n'en avait dit mot, mais l'accident des Espagnols l'avait secoué. Le concept de « voie ultime » l'avait beaucoup remué. « Ultime » ? Comme si Luis s'était rendu compte que c'était « la dernière » ? …

Comme à son habitude, Louis intériorisait ce qui le touchait le plus. Julie, qui fréquentait la montagne depuis toujours, avait vu disparaître plusieurs alpinistes. Chutes de pierres, avalanches, froids polaires. Elle n'ignorait rien de ses dangers objectifs, comme on dit dans le landerneau. En revanche, Louis n'y était pas préparé. Bien entendu, il avait vu des fêtards brûler la vie par les deux bouts et, à force d'excès, massacrer leur santé au point de finir au cimetière un peu tôt. Bien sûr, il avait eu vent de quelques rares accidents de la route qui ont touché des amis d'amis après des ripailles bien arrosées. Jamais pour autant il n'avait été confronté à une telle violence immédiate. Deux frères en parfaite santé qui se tuent là, presque sous ses yeux. Il avait été la dernière personne à leur parler. Et avec quelle intensité, avec quelle vérité. Il était accablé par une sorte de curieuse culpabilité. Ne les avait-il pas contraints à veiller tard ? S'il n'avait pas eu tant de plaisir à boire la gnôle avec eux. S'il n'avait pas été là, tout simplement. Personne n'avait fait le choix d'aller dans ce refuge d'hiver. À part Julie et lui, qui recherchaient un coin tranquille pour forniquer loin des ronflements, des borborygmes et de l'odeur de chacals du dortoir. Alors, pourquoi, au nom du rut, avoir choisi de déranger la fratrie et l'avoir éloignée de sa nécessaire concentration face à l'entreprise qu'elle devait tenter le lendemain ?

Il était incapable d'aborder le sujet avec Julie. Il préférait la laisser imaginer qu'il y était insensible. Luis et Alejandro étaient morts, abandonnant, il le savait, deux veuves et un orphelin. Il y pensait tout le temps. Et il ressentait une envie de les rencontrer, de les connaître, ces deux filles. Il désirait profondément leur raconter la dernière soirée de leurs compagnons. Aussi, il voulait savoir si elles ne manquaient de rien. Comme s'il pouvait leur offrir quoi que ce soit qui eût pu réduire leur malheur. Petit à petit s'installait en lui l'idée nette que son existence avait chaviré.

Julie assistait à cette transformation. Inexorablement, Louis se détachait d'elle. Elle se doutait à présent que ses tourments étaient descendus de la montagne avec lui.

Leur relation dura encore quelques semaines. Au début de l'hiver, la rupture sembla inévitable. Julie pensait que, si les circonstances avaient été différentes, la passion de leurs premières semaines aurait pu faire place à une douce harmonie.

Elle réalisa qu'en fait, elle ne connaissait presque rien de Louis. Elle n'était même jamais allée chez lui, soi-disant parce que son appart était toujours en « complete disorder ». Il préférait venir chez elle, dans son « little cosy nest ».

Elle savait juste que sa mère était morte quand il était étudiant, et que son père était un « gros connard de bourge qui s'était mis à la colle avec une fucking connasse ». Jamais il n'en avait dit plus alors qu'elle, pour sa part, était plutôt diserte sur sa famille. Le silence de Louis cachait, pensait-elle, un besoin de reconnaissance et d'amour de la part de son père. Mais elle n'avait jamais osé creuser ce sujet qu'il fuyait chaque fois qu'elle l'abordait.

Un soir de décembre, alors qu'il ne s'était pas manifesté depuis plusieurs jours, elle se décida et débarqua chez lui, au cœur de la presqu'île, à l'improviste. Il était seul, comme toujours très stylé, dans un pull cachemire. Il n'avait pas bonne mine.

Il l'accueillit sur le pas de la porte.

– Je peux entrer ? demanda-t-elle

– Come in ! répondit-il, usant de sa marotte d'introduire des anglicismes dans ses phrases à tout bout de champ.

Elle pénétra dans le grand salon. Il n'était pas si en désordre qu'il le prétendait. Mais elle fut surprise de trouver des étagères croulant sous les livres. Des lithographies, des reproductions et des affiches tapissaient les murs.

L'univers de Louis n'était donc pas qu'un microcosme mondain. Alors qu'elle se plantait face aux murs pour regarder toutes ces œuvres, auxquelles elle trouva vaguement quelques points communs, elle fit connaissance avec l'étrangeté de ses influences. Louis, qui avait été si réservé sur sa vie intime, se fit soudain intarissable. Il lui parla de son goût pour Andy Wahrol et le Pop Art, son emprise sur l'œuvre de Jean-Michel Basquiat, Keith Haring et le street-art. Il enchaîna sur le « père fondateur », Richard Hambleton, qui maculait les villes américaines de ses « shadow paintings » et ses scènes de crime. Il lui parla surtout de l'engagement de tous ces artistes morts prématurément, de leur conduite mortifère et de leurs excès. À plusieurs reprises, il osa un parallèle avec Luis et Alejandro, emportés par leur passion, emportés par leur « voie ultime ».

À l'issue de ce long monologue qu'elle n'osa pas interrompre, elle le considéra avec un œil neuf. Le vernis de surface qu'il lui avait présenté craquelait. Certes il avait le goût des fêtes déjantées et se revendiquait volontiers « fashion victim », mais, au-delà de la façade, se trouvait un personnage plus complexe. Séduisant, se dit-elle, mais pas rassurant.

– Tu sais, Louis, Je crois qu'on ne vit pas dans le même monde. C'est méga chouette tous ces trucs que tu as mis sur tes murs, mais moi, en vrai, je m'en fous, des artistes complètement barjes dont tu me parles. Je m'en fous aussi de cette histoire de voie ultime. Moi, je fais les choses pour me faire plaisir. Notamment la montagne. Je ne cherche rien d'autre. Et mes amis sont comme moi. Au fond, je suis juste une fille toute simple. Je t'aime beaucoup, mon Louis, mais je suis sûre qu'on n'est pas fait l'un pour l'autre.

– J'imagine que tu as raison, my love. Mais, don't worry. Je ne suis ni comme tous ces artistes suicidaires, ni comme Luis et Alejandro. J'ai seulement envie de comprendre ce qui les motive, et ça me préoccupe.

– Alors, essaie de trouver. Mais, pour le coup, ne compte pas sur moi pour t'aider.

– Là, j'allais sortir boire un verre. Tu m'accompagnes ? Je retrouve mon associé et deux-trois camarades.

– Non, j'ai pas la motiv. On se verra une autre fois, genre quand tu auras trouvé ce que tu cherches, enfin, si tu sais ce que tu cherches…

– Tiens, cadeau ! lui répondit-il en lui donnant une affiche représentant Obama et légendé HOPE. Ça, c'est une œuvre de Obey.

Il est toujours en résistance, mais toujours vivant, et il livre des messages d'espoir. Bon, d'accord, depuis, ça a mal tourné aux US, avec Trump. Mais bon, ce pays a de la ressource. Il rebondira !

Ils prirent le temps d'une longue étreinte, sans qu'aucun des deux n'évoque une éventuelle date de rencontre. Et puis, Julie partit.

XII

Julie décida de reprendre le cours de sa vie. Elle le fit au sein de l'harmonie, dans laquelle elle jouait de la flûte traversière depuis son adolescence. Elle le fit au plus près de sa famille, son socle, si solide. Elle avait besoin de le retrouver, après sa parenthèse Louisienne, dont elle se sortait avec un amer sentiment d'échec. Elle éprouva le besoin de retrouver ses racines, ses fondamentaux, ce qui l'avait construite sur des bases saines. Loin de l'univers dépravé dont Louis feignait de se délecter avant leur rencontre. Loin aussi de l'environnement culturel qu'il lui décrivit le soir de leur rupture.

Patrick, son père, Lyonnais pure souche n'avait découvert l'alpinisme qu'après sa rencontre avec Christine, sa mère. C'était lors d'un stage de voile aux Glénans. Il s'était mis à la voile, poussé par un désir de grand large, une chimère de transat et une volonté de se sortir du carcan familial et de la petite bourgeoisie lyonnaise. Sa mère, originaire des Bauges s'était essayée au dériveur sur le lac d'Annecy et avait envie de progresser, pour le plaisir. Ni l'un ni l'autre n'avait poursuivi dans la voie de la navigation hauturière. En revanche, en s'éprenant de la Baujue, Patrick s'était entiché de son territoire, dont la rusticité et la douceur allaient réorienter sa pratique du rocher. Il était en effet adepte de l'escalade en falaise et avait l'ambition de s'inscrire dans la tradition de ces célèbres grimpeurs lyonnais qui s'affrontaient aux Grenoblois dans le Vercors, sur la falaise de Presles. Sa mère, quant à elle, arpentait régulièrement les Bauges, qui comptent autant de sommets de deux mille mètres que l'Himalaya ne compte de huit mille. Elle cheminait, mais ne grimpait pas. C'est en alliant leurs pratiques qu'ils sont ensemble devenus alpinistes. Lorsqu'ils se sont rencontrés, Patrick venait d'obtenir un CAPES d'histoire, au grand dam de son père qui l'aurait bien vu reprendre la quincaillerie familiale. Christine terminait ses études de sage-femme, au grand dam de sa mère qui l'imaginait infirmière libérale, comme elle, parcourant à ses côtés les fermes de la Compôte, d'École, de la Motte et de tous ces villages dont les noms croquignolets amusaient beaucoup Patrick. Surtout Lescheraines : « Lèche-reine ? »

Après leur stage de voile, juste après avoir obtenu, lui un poste de prof au lycée Édouard Herriot, et elle un poste de sage-femme à la Croix-Rousse, ils s'étaient installés ensemble dans la banlieue est de Lyon. De là, il était aisé de s'échapper pour rejoindre les Alpes. Julie était leur petite dernière. La seule de leurs enfants à avoir été gagnée par le virus de la montagne. Les deux frères aînés sont devenus voileux. Ils se souvenaient de leurs vacances d'enfants dans le chalet d'alpage des Bauges comme d'une véritable punition. Surtout quand les parents disparaissaient en montagne plusieurs jours, et qu'ils étaient confiés à la Grand'mère. À l'adolescence, la voile sur le lac d'Annecy devint leur salut. Julie, elle, préférait courir les fermes nichées dans les vallons perdus et se laisser offrir de belles tomes par des fils de péquenots, fous d'elle, cette jolie fille de la ville qui jouait de la flûte rien que pour eux.

CHAPITRE 2

PRINTEMPS-ÉTÉ 2018

I

Rudy s'en voulait à présent d'être allé tenter le diable à cause d'une déception amoureuse.

Son projet d'ascension des quatre-vingt-deux 4000 des Alpes n'avait pas fait long feu. Après une courte nuit au refuge des Écrins avec un groupe de copains, il s'attaqua au Dôme. Première croix. Il n'en restait plus que quatre-vingt-un. Alors, il enchaîna sur la Barre des Écrins, encordé à Juju, son équipier des grandes voies. Sommet de la Barre à dix heures. Plus que quatre-vingt ! Comme il était déjà tard, ils décidèrent de redescendre par le couloir Coolidge, qui était tracé. C'est en bas de ce couloir que, pour une raison qu'ils ne s'expliquaient pas, dans un passage de mixte certes un peu délicat, Juju perdit l'équilibre, entraînant Rudy dans sa chute. La corde se coinça sur un petit béquet, les stoppant net. Juju s'en tira avec une grosse frayeur et quelques bleus. Sa glissade se termina sur une plaque de neige molle. Rudy eut moins de chance. Son casque explosa sur des cailloux saillants. Quant à lui, il atterrit lourdement sur un rocher qui lui brisa deux dorsales et lui fracassa le bassin. Il ressentit une douleur de chien, et puis plus rien… Il perçut vaguement que ses jambes ne répondaient plus, et il perdit connaissance.

Lorsqu'il rouvrit les yeux, il était dans l'hélicoptère qui le transportait au CHU de Grenoble. Il était empaqueté dans une coque qui l'empêchait de bouger. Il entendit Juju, penché au-dessus de lui, lui dire :

– Ça va aller. Putain, on a eu du pot.

Rudy n'avait aucun souvenir de ce qui s'était passé. Il se rappelait vaguement qu'ils faisaient cordée et qu'ils avaient atteint la barre des Écrins.

À côté de Juju, un gendarme tenait une fiole de liquide incolore avec un tuyau conduisant à la coque qui le maintenait immobile.

Derrière, un type à lunettes donnait des ordres. Sûrement le médecin urgentiste. Rudy se demanda ce qu'il foutait là. Il n'avait pas mal. Malgré le vacarme ambiant, il se sentait bien, un peu planant. Et puis il se rendormit comme un bienheureux.

Lorsqu'il reprit ses esprits, il était dans un lit d'hôpital. Seul. Depuis combien de temps ? En tout cas, il faisait jour.

Une infirmière passa vérifier le goutte-à-goutte qui sortait du flacon au-dessus de sa tête et lui mit un thermomètre sous l'aisselle.

– Plus accessible que mon trou de balle, pensa-t-il.

– Qu'est-ce que je fous ici ? lui demanda-t-il.

– Vous avez été opéré avant-hier soir.

– Opéré ? Mais de quoi ?

– Le chirurgien va passer dans la matinée. Allez, bonne journée. Le petit dej arrive.

Bien mimi, mais pas super aimable, se dit-il, ignorant qu'elle avait passé une nuit blanche à courir de chambre en chambre dans ce service en sous-effectif.

Il n'avait pas faim, et une bonne céphalée lui taraudait la boîte crânienne. Le café au lait et les biscottes sous cellophane stimulèrent peu son appétit. Il préféra ne pas y toucher, craignant que *cela* ne lui flanque la nausée. En un mot, il était patraque.

Un petit bonhomme en blouse bleu clair débarqua quelques minutes plus tard.

– Bonjour, c'est moi qui vous ai opéré ! Comment vous sentez-vous, ce matin ?

– Ça va, un peu vasouilleux, mais ça va. Mais je ne comprends pas bien. De quoi vous m'avez opéré ?

– On peut dire que vous avez de la chance.

– Ah…

– Vous avez fait une belle chute et vous êtes arrivé ici avec un petit trauma crânien sans gravité. Le plus embêtant, c'est le reste… Vous avez deux vertèbres fracturées et le bassin en compote. Mais vous avez eu beaucoup de chance. Je n'ai pas vu de lésions médullaires. Et ça, c'est un miracle.

– C'est quoi ça, des lésions médullaires ?

– Des lésions à la moelle épinière qui vous auraient cloué dans un fauteuil à vie. Alors que là, vous risquez d'y passer un bon moment, mais, avec une bonne rééducation, vous devriez retrouver un bon usage de vos jambes. Vous faites beaucoup de sport ?

– Ouais, carrément. Montagne, ski, VTT.

– Alors, il y a des chances que vous récupériez plus vite qu'un autre. Mais ne rêvez pas, ça va être compliqué de retrouver votre niveau.

– Comment ça ? Je ne vais pas pouvoir retrouver mon niveau ? Putain, j'y crois pas… Mais, c'est toute ma vie, moi, le sport et la montagne.

– Allez, il est trop tôt pour tirer des plans sur la comète, mais il faudra vous adapter à vos capacités. Et, surtout, vous dire que vous êtes passé à un cheveu de la paralysie totale et définitive. Vous pouvez remercier votre bonne étoile. Et prendre du recul. Vous verrez, ça va bien se passer. Vous serez moins esclave de la performance. Ça va vous libérer.

Ce premier contact avec sa nouvelle vie n'enchanta pas Rudy. Il comprit qu'il allait devoir dire adieu à son projet d'enchaînement des quatre mille des Alpes, et probablement aussi adieu à l'ensemble de ses défis sportifs. Il comprit aussi que sa remise en état allait être longue et qu'il devrait s'en accommoder.

Une hospitalisation au long cours était la seule perspective qui s'offrait à lui. Pour la suite, se dit-il, ce « con de chirurgien » avait sûrement raison. Il allait devoir imaginer un autre paradigme pour donner du goût à sa vie.

Au début, Rudy n'était pas à prendre avec des pincettes. Son immobilisation le rendait fou, et ses visiteurs faisaient les frais de son humeur massacrante. Surtout Juju. Lorsque Rudy avait émergé de sa léthargie, il était là, tout penaud, portant sur ses épaules un écrasant fardeau. Il s'excusait presque de s'en être si bien sorti. Tout juste s'il ne proposait pas d'échanger les rôles. Ce jour-là, Rudy, encore peu vaillant, était resté coi. Mais Juju revint le lendemain, puis le surlendemain, et presque tous les jours, jusqu'à ce que, lassé de l'irascibilité de Rudy, qui se manifestait de manière croissante, il décida d'interrompre ses visites quelque temps. Et il le fit avec panache.

– Écoute, Rudy, ça fait plusieurs semaines que je viens te voir et que j'entends toujours les mêmes conneries, que ta vie est fichue à cause de moi, que si je savais où je posais les pieds, on ne serait pas tombés. Alors, je vais te dire à mon tour ma vérité. Tu en feras ce que tu veux, mais là, tu commences à me gonfler sévère. Oui, c'est vrai, j'ai glissé mais je te rappelle que j'étais devant et qu'on devait descendre corde tendue. C'est donc toi qui m'assurais. J'étais crevé et je sentais bien que tu n'étais pas bien flamme non plus. Plus on descendait, moins je sentais la corde. Tu m'assurais mal. La corde était trop lâche, je ne te l'ai pas dit sur le moment et je m'en veux. Quand je suis tombé, j'ai glissé sur plusieurs mètres sans être retenu. C'était évident qu'au moment où la corde allait se tendre, le choc allait être violent et que tu n'allais pas pouvoir me retenir. Je te rappelle que c'est toi l'alpiniste, le super héros qui devait faire mieux que Berhault. Si ça ne s'était pas arrêté là, tu aurais bien fini par te la coller, et avec des conséquences peut être plus graves. Ton projet était craignos et tout le monde le disait. Y'a que moi qui ai été assez débile pour t'accompagner à la Barre des Écrins. Je n'en avais pas particulièrement envie, mais bon, je me suis dit que ce n'était pas cool de te faire faux bond. Alors, j'y suis allé et je m'en mords les couilles.

– Ah, je croyais…

– Je ne veux pas savoir ce que tu croyais. Je te dis juste que j'étais crevé, et apparemment, toi aussi. Tu as insisté pour descendre par le Coolidge et tu n'as pas voulu m'écouter quand je t'ai dit que c'était une mauvaise idée. Tu veux toujours avoir raison. Tu n'écoutes personne. Et voilà où ça nous a menés. Si on avait pris la voie normale, ça aurait pris un peu plus de temps, mais on ne se serait pas mis taquet. Alors, arrête de me faire porter le chapeau et de me coller la responsabilité. Tu as cherché les merdes et tu les as trouvées. Médite un peu ça, remets-toi en question, et puis passe à autre chose. Moi, je me casse, et je reviendrai quand tu auras un peu réfléchi. Allez, salut gros connard…

Lorsque Juju claqua la porte, Rudy se retrouva seul face à une réalité qu'il avait refusé de voir jusque-là. Juju n'avait pas tort. Et Manon non plus. Il avait refusé de comprendre pourquoi elle s'était détournée de lui. Mais, en écoutant Juju, il prenait conscience que son obsession de la performance sportive le cantonnait dans une forme d'égoïsme exacerbé qui était insupportable pour son entourage.

Là, immobilisé dans son lit d'hôpital, pour une durée indéterminée et avec des séquelles qu'il savait irréversibles, il prenait doucement conscience qu'il ne pourrait plus infliger aux gens ses challenges idiots. Il se posait la question de ce qui l'avait conduit à toujours vouloir se surpasser. Il réfléchissait, il avait le temps. Et lentement, il progressait. Une partie de la réponse arriva quelques jours plus tard. Sa mère, informée de l'accident, débarqua sans crier gare. Immédiatement, la vérité lui sauta aux yeux. Il cherchait à être tout le contraire de sa famille. En voyant arriver cette grosse bonne-femme dans une improbable robe léopard dissimulant mal les touffes de ses dessous-de-bras, il se souvint qu'en effet, il avait rejeté en bloc toute sa cellule familiale. Son déni de bidochonnerie l'avait conduit à cultiver sa différence.

Martine, qui venait de prendre le TGV pour la première fois de sa vie, lui raconta avec force détails son périple à 300 kilomètres à l'heure. Elle avait les yeux qui pétillaient en relatant à son fils ce qu'elle vivait comme un exploit unique. Rudy en était presque ému, surtout lorsqu'elle lui dit qu'elle aurait bien aimé faire ce voyage avec « le papa ». Mais le papa en question, victime de son hygiène de vie douteuse, s'était offert un cancer généralisé qui l'avait emporté quelques mois plus tôt, par un matin pluvieux. Rudy avait fait l'aller et retour dans la journée pour les obsèques. Il ne s'était occupé de rien. Il avait ressenti une éphémère tristesse lors de la mise en bière. Il avait surtout été contrarié parce que, ce jour-là, il avait programmé une belle sortie en Vanoise. Il avait vu ses frères et sœurs endimanchés, qui avaient préparé des discours pathétiques truffés de poncifs exprimés avec maladresse, lire leurs notes chiffonnées. Lui avait décliné l'invitation à prendre la parole à l'église. Il ne savait que dire devant le cercueil de ce pauvre Raymond.

Inquiète et rassurante, Martine lui demanda s'il avait mal, chercha à comprendre :

– Alors, mon Didi, comment t'as fait ton compte quand t'as tombé de la montagne ?

Elle semblait ne pas en vouloir à ce fils indifférent, qui s'était détourné d'elle et donnait si peu de nouvelles.

– Quand tu sortiras de l'hosto, tu viendras à la maison. Je vais te requinquer, moi, et je te ferai des bons petits plats, et pis je t'achèterai des bonnes bières.

Cette mère, si blèche et primaire, ne manquait pas de cœur. Du fond de son lit d'hôpital, Rudy le découvrait. Il prit, par là même, la mesure de son égoïsme et de l'ingratitude dont il faisait preuve vis-à-vis de toute sa famille. Alors qu'il était réduit à ce triste état de dépendance, il accepta l'invitation et, avant d'intégrer le centre de rééducation, il fut transporté en VSL jusqu'à l'appartement familial. Il y retrouva ses frères et sœurs, qu'il considéra avec un œil nouveau. Cette bande de gros lards, qu'il tenait pour des demeurés, l'accueillait avec un plaisir vrai, sans lui tenir rigueur de la désinvolture avec laquelle il les avait traités pendant toutes ces années. Ils avaient même des projets. Lui, qui n'en avait plus, s'y intéressa, considérant que l'envie est plus importante que les capacités. Avec des moyens intellectuels et financiers limités, Rihanna et Richie ne se débrouillaient pas si mal dans l'exploitation d'une petite affaire de restauration rapide. Ils avaient su négocier avec la mairie un local bon marché en zone industrielle. Parce que Richie avait suivi une formation de cuisinier, parce que Rihanna avait du bagout et savait amuser ses convives, parce que Ronald et Rebecca avaient donné un solide coup de main pour leur installation et avaient su trouver du matériel de récupération. Et comme tout allait bien, et comme Rebecca se formait à la cuisine avec Richie, et comme Ronald était en train de retaper un vieux Tub Citroën, et comme ils avaient envie de travailler tous ensemble, ils avaient décidé d'ouvrir un food-truck pour lequel ils avaient déjà trouvé un emplacement idéal : juste à la sortie de la dernière usine en activité de la commune.

Rudy, qui n'aurait pas misé un kopek sur leur sortie de galère, était impressionné par leur audace et leur réussite. Ils restaient soudés et attachés à ce trou pourri qu'il convenait de nommer « bassin d'emploi en difficulté ». Ils avaient su saisir les maigres opportunités qui s'étaient présentées. Ils ne s'en tiraient pas mal, tout en pouvant rester proche de « la maman », qui avait clairement un grand besoin d'eux.

À son arrivée au centre de rééducation, toujours immobilisé dans une coquille, Rudy décida de prendre exemple sur ses frères et sœurs. Cherchant à faire le meilleur usage des aptitudes dont il disposait, il prit le parti de moins se regarder le nombril, de moins se préoccuper de ce que les autres pensaient de ses exploits, d'être à la fois plus modeste et plus altruiste.

Rudy pilotait maintenant son fauteuil avec beaucoup d'aisance. Il savait qu'il remarcherait bientôt. En attendant, il avait décidé d'optimiser ses déplacements sur roulettes.

Il se remettait vite.

II

De retour à l'agence, Louis fit illusion quelque temps. Papillonnant de dossier en dossier, il avait du mal à se concentrer. Les semaines passaient, et il ne parvenait pas à finaliser la moindre affaire. Lui, qui avait été si doué pour proposer des prestations originales et personnalisées à ses clients, semblait avoir perdu sa créativité sur les pentes du Grand Cerviso.

Il se montrait à présent peu réceptif aux suggestions de ses collaborateurs. Il se contentait d'avis de circonstance, sans consistance. « Ouais, c'est pas mal » ou « ça va leur plaire ». Bref, rien de senti ni de constructif. Fred, son associé, commençait à en avoir « plein le cul de se taper tout le boulot », comme il l'exprimait de manière récurrente. Il ne comprenait pas pourquoi la rencontre de Louis avec deux inconnus qui s'étaient tués en montagne le mettait dans un pareil état. Il lui conseilla, en pure perte, de tourner la page, de penser à autre chose et de repartir pour la tournée des grands ducs, comme au bon vieux temps.

Ces efforts restèrent vains. Louis passait d'un état apathique à des phases d'hystérie incompréhensibles. Il s'enfonçait dans une forme de névrose qu'il ne cherchait pas à contrôler. Il savait pourtant qu'il devrait se prendre en main, trouver le ressort qui lui permettrait de reprendre le cours d'une vie normale. Une vie en rupture avec celle qu'il avait vécue jusqu'ici.

Saisissant comme une opportunité le départ de Julie et le souhait de Fred de ne plus le voir à l'agence, il se sentit libéré de ses attaches lyonnaises, et trouva l'idée qui lui parut lumineuse, celle qui allait lui permettre un nouveau départ…

En quelques semaines, poussé par un renouveau d'énergie, il prit son destin en main et se lança dans le projet qui lui trottait dans la tête. Fred accepta de reprendre ses parts pour un montant qui laissait peu de place à la négociation. Pas bien cher, en dessous de ce qu'elles valaient peut-être, mais assez pour qu'il puisse voir venir. De toute façon, peu lui importait. Il était à l'abri du besoin immédiat, et l'idée était de se débarrasser le plus vite possible de sa vie d'avant.

Seul, sans contraintes professionnelles après la vente de ses parts, Louis se sentit libre pour concevoir son nouveau départ. Il décida même de passer enfin le permis de conduire et acheta, pour ne plus dépendre des autres, un van d'occasion à un routard qui s'était embourgeoisé et s'en était offert un plus récent. La négociation ne dura pas longtemps.

– Tu me le fais à combien, ton vieux tromblon ?

– Allez, mille balles. C'est pas le prix de la ferraille, et il marche nickel.

– Good. Ça fout un peu la shame de se trimballer dans une caravelle de vieux bab, mais ça fera le job.

Son temps libre, il le passait un peu à préparer son projet de voyage, et beaucoup à grimper dans une salle d'escalade. Celle qu'il avait fréquentée dans le passé avec Manon et quelques excités de la performance qu'il côtoyait à l'époque. Il y avait retrouvé les assidus, ceux pour qui la vie au bout des doigts était la seule ambition. En quelques semaines, il avait retrouvé son niveau. Mais, ce qui l'animait était d'une tout autre nature. La grimpe en salle, même s'il y passait plusieurs heures quotidiennes l'ennuyait profondément. Son but était de progresser pour aller grimper dehors le plus vite possible, en falaise. Alors, chaque week-end, avec l'un ou l'autre des groupes de grimpeurs rencontrés à la salle, il partait, une fois à Presles, une fois à Archiane, une fois aux Dentelles de Montmirail, une fois au Saussois, une fois dans le Verdon, à Ceüse, dans les Calanques. Partout, avec n'importe qui. La qualité de ses relations, avec tous ces gens qu'il ne connaissait pas quelques mois plus tôt, n'était pas au centre de ses préoccupations. Certains étaient sympas, plutôt détendus, d'autres étaient de vrais monomanes, obsédés par leurs propres performances. Qu'ils fussent poètes de la verticale ou stakhanovistes du bi-doigt déversant coté 8b/8b+ max à vue « putain c'est majeur ! », qu'ils fussent bouffeurs de graines ou buveurs de bière, Louis s'en moquait éperdument. Son objectif était strictement personnel et il s'était calé dans sa bulle.

III

Lorsque l'universitaire avait évoqué ses excellentes relations avec les autorités fédérales, notamment en nommant par leur prénom les gens importants, Manon comprit instantanément que, s'il pouvait la pistonner, cela allait arranger ses affaires. C'est ce qu'elle lui demanda, et avec succès. Il lui rédigea une lettre de recommandation à rougir, et il lui souffla quelques arguments décisifs pour sa lettre de motivation.

Après sa formation, qui lui permit de devenir incollable sur tout sujet relatif à la bonne tenue d'un refuge de montagne, Manon s'était essayée au service en salle de deux établissements ouverts en hiver. Et puis, un beau jour, elle eut la joie de recevoir un mail de la fédé. On lui confiait le refuge de la Vallée perdue pour l'été.

– *Wahou*, trop cool, s'était-elle exclamée en découvrant l'offre.

– *Wahou*, pas si cool s'était-elle reprise en découvrant le refuge sur Internet.

C'était un tout petit endroit blotti dans un fond de vallée. Très rudimentaire, équipé à l'ancienne. Une grande pièce à vivre d'une vingtaine de mètres carrés, kitchenette comprise, équipée d'une longue table, de deux bancs et de quelques tabourets. Au-dessus, une mezzanine, accessible par une échelle, pour le gardien, et, au fond, un dortoir de seize couchages sur deux niveaux. D'après les photos que Manon avait vues, l'ensemble ne devait pas dépasser les quarante mètres carrés.

Parce qu'il était isolé et hors des grandes transhumances touristiques, ils n'étaient pas nombreux, les candidats prêts à y passer toute une saison, au risque, parfois, par mauvais temps ou semaines creuses, de ne pas voir un chat plusieurs jours d'affilée.

Pour Manon, qui allait vivre cette expérience comme un pas de côté, la rusticité du lieu fut acceptée comme une épreuve initiatique.

Ce n'est pas seulement un boulot qu'elle avait décidé de quitter, mais son environnement social et familial. Un choix de vie.

Le petit refuge de la Vallée perdue se méritait. Très isolé des chemins de randonnée, il n'était fréquenté que par de solides montagnards. Il desservait des voies complexes qui avaient fait quelques-unes des grandes heures de l'alpinisme. Et les sommets alentours offraient encore la possibilité de belles premières. Alors, les touristes en baskets s'en tenaient soigneusement à l'écart.

Pour l'atteindre, il fallait traverser un glacier raide et chaotique. Lorsque le refuge avait été construit, dans les années soixante, le cheminement et l'accès devaient être plus confortables qu'aujourd'hui. Mais le glacier prenait le réchauffement climatique de plein fouet. Il avait déjà perdu plusieurs dizaines de mètres d'épaisseur. À mesure qu'il reculait, sa physionomie se transformait radicalement. On ne devait plus être très loin de toucher le fond, si bien qu'il n'était plus que triste grisaille. De gros blocs de rocher émergeaient en surface, de manière désordonnée, obligeant le marcheur à slalomer, à se dérouter, à calculer et recalculer son itinéraire entre deux passages. Quant aux derniers pas avant de franchir la porte du refuge, ils étaient de plus en plus compliqués. D'abord, il fallait remonter sur une haute moraine instable qui se ravinait à chaque intempérie. Ensuite, il fallait prendre pied sur des barreaux métalliques tout tordus et, pour certains, descellés. C'est un véritable numéro d'équilibriste qu'il fallait réaliser pour gravir les derniers mètres.

Manon s'enthousiasma du virage radical qu'elle s'apprêtait à réaliser dans sa trajectoire de vie. Enfin un projet qui prenait corps loin des préoccupations urbaines de ses ex-collègues de bureau, qui hésitaient des années face à un micro-changement de cap. Là, elle s'était lancée dans un grand écart dont elle ne soupçonnait pas les effets à venir.

Nouveau départ, nouveau paradigme, feuille blanche… Son excitation n'avait d'égale que son angoisse. Elle avait fréquenté pas mal de refuges dans ses pérégrinations montagnardes. Elle avait vu travailler les gardiens et les aides-gardiens. Elle avait souvent donné un coup de main pour la plonge. Mais là, c'était une autre histoire. Elle serait seule à tester son droit à l'erreur. Et puis, elle se rassurait en pensant que la formation de Foix lui avait donné quelques clés pour être une bien moins piètre gardienne que ne l'étaient certains de ses « confrères », pour qui le confort du visitorat restait un concept métaphysique.

Bien accueillir, bien cuisiner, bien conseiller. Le triptyque de base n'était pas si ardu. Pour le reste ; anticiper les stocks, ranger, trier les poubelles, nettoyer la salle à manger le dortoir et les chiottes, tout semblait à sa portée. Quoique pour les chiottes, elle préférait éviter de trop s'attarder sur cette vétille.

Accompagnée de trois encadrants du club local qui acceptèrent de lui prêter assistance en montant quelques affaires avant la saison d'été, Manon arriva au refuge en fin d'après-midi, très éprouvée par six heures de marche sous un soleil de plomb, lourdement chargée d'une semaine de victuailles, de ses carnets de dessin, de ses palettes de couleurs, de ses crayons et de ses pinceaux. Tout ce qui serait nécessaire à sa survie avant la livraison par hélicoptère attendue quelques jours plus tard. Elle était très excitée à l'idée de se remettre à l'aquarelle et au dessin, arts qu'elle avait délaissés depuis trop longtemps.

De l'extérieur, la cabane lui parut bien austère. Quelques coups de semelles Vibram appuyés avec précision furent nécessaires à l'ouverture de la porte, dont le bois avait gonflé pendant l'hiver. L'intérieur offrait un spectacle d'apocalypse. Tout était sens dessus dessous. L'ancien gardien avait su que sa concession ne serait pas renouvelée. Il n'avait pas pris la peine de faire le ménage en le quittant. La table était encombrée de cartons contenant des restes de repas de la saison dernière et la cire des bougies collait au formica. De la vaisselle sale jonchait le petit évier en inox. Dans le dortoir, les couvertures grises étaient entassées à côté des batflancs. Quelques jours de travail s'avéraient indispensables à la remise en état de cette sinistre cahute qui suintait le renfermé et le bois mouillé.

L'état de conservation était comparable à l'état sanitaire du lieu. Des carreaux cassés, un tabouret à trois pieds et demi, des rideaux déchirés. Et un minimum de matériel de bricolage pour attaquer ce chantier aux multiples corps de métiers. N'étant pas dotée des cent bras d'un Hécatonchire, Manon réalisa que le travail nécessaire pour rendre le refuge au moins acceptable devait faire l'objet d'une fine programmation. Le premier soir, elle opta donc pour la procrastination et la convivialité. Après avoir sustenté ses trois comparses de quelques nouilles trouvées sur place, et les avoir abreuvés d'une mondeuse transportée depuis la vallée, elle prit possession de son espace privatif. Il se résumait aux cinq mètres carrés de la mezzanine. Pour l'intimité, c'était juste un peu lacunaire.

Le lendemain matin, rendue à sa solitude après un petit Nescafé-madeleines, elle se mit à l'ouvrage.

D'abord, faire entrer l'air et la lumière en ouvrant grand la porte et les fenêtres. Ensuite, attaquer la vaisselle. L'éponge-grattoir qui croupissait au fond de l'évier était répugnante à rendre gorge. Inutilisable. Heureusement, elle avait anticipé éponges, torchons, liquide vaisselle, javel.

Enchaînant les casseroles d'eau du ruisseau sur l'évier et le plan de travail, elle vint à bout de cette première épreuve. S'ensuivit une séance d'astiquage frénétique de la table, du sol, des étagères, des huisseries, de la gazinière (beurk). La pièce à vivre finit par prendre une physionomie d'espace vivable.

Puis, ce fut au tour du dortoir : aération, dépoussiérage, pliage des couvertures, balayage, astiquage des carreaux... tout devint plus lumineux.

Quelques gouttes d'huile essentielle un peu partout et voilà, les deux pièces du refuge étaient nickel. Il restait à effectuer quelques réparations.

Bien entendu, hormis une vieille égoïne et une hache, il n'y avait pas d'outil dans le gourbi et elle n'avait pas pensé à en monter. Alors, elle chercha son bonheur dans le fatras digne d'une déchetterie qui jouxtait l'arrière du refuge, elle fit appel à toute sa créativité. En guise de persienne, une porte de cuisinière en tôle prit place dans l'embrasure de la fenêtre cassée, qu'elle calfeutra avec des lambeaux de couvertures. Les dimensions étaient presque parfaites. Elle débita et arrima sur les poutres de vieilles cordes de rappel qui servirent de cimaises. Ainsi, les tableautins moches posés au sol prirent place sur les murs. Ils seraient bientôt remplacés par ses propres créations. Un vieux manche de piolet, scié à la bonne dimension, remplaça le pied du tabouret bancal. Progressivement, le lieu passait de salubre à presque douillet. Il ne restait plus qu'à donner un peu d'intimité à la mezzanine, son espace privatif. Rien de très compliqué. Deux palettes posées sur la tranche, calées par des entrelacs de câble électrique, devinrent les cloisons qui libéraient juste la place de l'échelle.

Deux jours avaient suffi à donner au refuge ses meilleurs atours pour recevoir dignement ses hôtes. Cela sentait bon, c'était propre et décoré. Tout fonctionnait. Le groupe électrogène et les panneaux solaires donnaient vie à une timide fée électrique. L'eau arrivait jusqu'au robinet de la cuisine et à la chasse d'eau. Le gaz alimentait la table de cuisson et le four.

Manon pouvait attendre sereinement sa livraison héliportée et ses premiers clients.

La saison peina à démarrer. Était-ce l'effet d'une météo capricieuse ? Les cordées ne se précipitaient pas pour garnir les couchettes du dortoir et déguster les créations culinaires de Manon. Au bout de dix jours, les comptes n'étaient pas glorieux : elle en avait passé cinq sans voir âme qui vive et les cinq suivants avaient enregistré une moyenne de quatre personnes. Elle se demandait si elle n'avait pas trouvé le meilleur plan possible pour s'ennuyer et se ruiner. Mais elle peignait beaucoup et gardait un moral inoxydable. Et la suite allait lui donner raison.

Dès le début de juillet, elle n'eut plus un seul jour de tranquillité. Il y avait du monde tout le temps. Certaines nuits, toutes les couchettes étaient prises, et les derniers arrivés devaient se contenter de la table et des bancs de la salle à manger pour tenter de dormir. Même si l'usage était d'effectuer des réservations, il n'était pas rare que les alpinistes débarquent sans prévenir. C'était vraiment ambigu car elle n'avait normalement pas le droit de les accueillir lorsque le refuge était plein, question de normes de sécurité. Elle avait appris la législation des ERP à sa formation de Foix, et avait trouvé les textes ineptes et inadaptés. Rejeter les retardataires dans les crevasses du glacier lui semblait un tantinet moins sécuritaire que de les entasser à l'abri du refuge. Alors, elle leur faisait un peu la morale et s'organisait pour que les roulements permettent à tout le monde de profiter des lasagnes aux épinards dont elle s'était fait une spécialité. Une façon de passer ses stocks. Lors de la livraison, elle s'était rendu compte d'une erreur dans ses commandes de boîtes de conserve. Elle n'avait reçu ni haricots, ni petits pois. Le nombre y était, mais il n'y avait que des épinards.

Manon consacrait beaucoup de son temps à des tâches domestiques itératives. Elle profitait assez peu de la montagne, sinon du paysage exceptionnel qui, chaque matin, la motivait à tenir le coup. Elle voyait le lever du jour bien après s'être levée pour préparer les petits-déjeuners. Et lorsque le soleil pointait, elle était seule. Toutes les cordées étaient parties. Son rituel était de prendre un petit café face au soleil levant, de laisser passer un peu de temps à peindre ou dessiner dans ses petits carnets, avant d'aborder le pire moment de sa journée : nettoyer et ranger le bazar laissé par les alpinistes pressés de s'élever vers les sommets. La surprise quotidienne, à laquelle elle ne put jamais s'habituer, bien qu'elle en laissât décanter le fumet, c'est l'état dans lequel elle allait trouver les W.-C. à la turque. Souvent, c'était convenable, quelques virgules insignifiantes. Mais, dès qu'il y avait un peu de monde au refuge, c'était inqualifiable. Les alpinistes, souvent précis dans leur gestuelle lorsqu'ils gravissaient une paroi, posant leurs pieds pile au bon endroit, l'étaient beaucoup moins dans l'exercice de la défécation. Malgré l'habitude, ils semblaient avoir du mal à ajuster leur lancé. Certes, les Crocs étaient moins précis que les chaussons d'escalade, et rarement de la bonne pointure. Mais tout de même ! De magnifiques étrons trônaient souvent à l'avant du trou prévu pour l'évacuation. Quelquefois, elle en trouvait collés à la tuyauterie de la chasse. Chaque matin, Manon s'interrogeait sur l'erreur de conception de ces équipements qui offrent une large surface pour poser les pieds et une si petite échappatoire pour les productions excrémentielles. Il eût pourtant été si simple de dessiner une longue tranchée d'évacuation entre les patins. Cela eût réglé au moins une partie du problème, mais, de toute façon, pas celui des alpinistes qui se trouvaient une vocation de façadiers, crépissant largement le lieu d'aisances. C'est dans ces moments difficiles que, munie de ses gants Mapa, de sa bombe aérosol senteur lavande et de son tuyau d'arrosage, elle rêvait de garder un refuge moderne, avec toilettes sèches, trônes et lunettes.

Les désagréments du gardiennage n'étaient pourtant pas de nature à démotiver Manon. Pour elle, cet apprentissage d'une saison en refuge recélait mille petits et grands plaisirs, dont la déconnexion n'était pas le moindre. Sans doute parce qu'elle savait qu'elle n'en ferait pas une carrière, elle prit le parti de l'enthousiasme éphémère. À la fin de l'été, cependant, cette première expérience lui laissa un sentiment mitigé. Elle savait qu'elle ne referait pas de saison dans un refuge aussi isolé et spartiate. Au moment du bilan, avant de fermer et de laisser les lieux dans l'état où elle aurait aimé les trouver en arrivant, elle se remémorait les meilleurs moments.

Un soir, elle avait vu débarquer les « gars du groupe », autrement dit, les militaires du GMHM, venus se faire quelques voies avant de repartir vers une expédition polaire. Elle ne les avait pas très bien accueillis parce qu'elle gardait en tête les propos de son père lorsqu'elle lui avait raconté leur traversée homérique de la cordillère de Darwin : « Des entreprises inutiles, risquées, budgétivores, et donc très largement consommatrices de mes impôts. »

Finalement, elle les avait trouvés fort agréables. Elle avait passé une soirée très riche car, répondant à toutes ses questions, ils revisitèrent pour elle l'incroyable histoire de ce groupe qui a vu passer les meilleurs alpinistes français depuis plus de quarante ans.

Un soir, c'est Denis Urubko qui était passé, avec une bande de Kazakhs. Ils avaient de la vodka plein leurs sacs. Une sacrée fête.

Le guide Paulo Grobel avait séjourné deux nuits pour acclimater ses fidèles clients avant de s'envoler avec eux pour le Népal. Il s'était révélé finalement plus sympathique qu'elle ne se l'était imaginé en le voyant pontifier dans des vidéos consacrées aux us et coutumes des peuples himalayens. Tout l'été, elle avait rencontré des alpinistes, connus ou pas, des guides et leurs clients, des amateurs, éclairés ou pas, et pas mal de gens plus ou moins foutraques. Un jour, c'était des Marseillais qui s'étaient tout simplement trompés de montagne, et qui étaient arrivés en jeans et rangers. Un autre jour, des chasseurs de grand gibier avaient monté un cuissot de sanglier, une cocotte-minute et un cubitainer de rouge qui tache pour fêter l'anniversaire du plus rougeaud d'entre eux. Un soir d'orage, d'élégantes Coréennes avaient poussé la porte, portant des parapluies à fleurs. En entrant, elles s'étaient aussitôt enquises de « the bathroom ». L'une d'entre elles, lui tendant une liasse de billets, avait même voulu lui acheter plusieurs des aquarelles dont elle avait décoré la salle commune.

Toute une faune composite et cosmopolite était passée par-là, des gens sympathiques, d'autres désagréables, des gens qu'elle croyait brillants et qui s'étaient avérés être des cons finis, et vice versa. Les plus stupides et les plus prétentieux n'étaient pas toujours les plus connus.

L'affluence quasi-quotidienne au refuge laissait peu de temps à Manon pour le repos et les ablutions. Lorsqu'elle se regardait dans la petite glace de sa mezzanine, elle se faisait peur. Ses cheveux, désormais oranges, avaient poussé et étaient tout ébouriffés. Elle se trouvait « un look de punk à chiens ». Quand le soleil tapait et que personne ne l'épiait, elle parvenait à se doucher sommairement avec un pommeau branché sur une poche à eau de quelques litres. Priorité étant donnée à l'hygiène sous la ceinture, recto verso, il lui restait rarement assez d'eau chaude, enfin tiède, pour se faire un shampooing. Elle se trouvait moche. Malgré son superbe teint hâlé. Mais son avis ne semblait pas en conformité avec celui de certains de ses clients. Il n'était pas rare, en effet, que quelque alpiniste, sûr de son irrésistible charme, ne l'entreprenne plus que de raison, caressant l'espoir de l'entraîner sous la couette pour quelques galipettes crapuleuses. Elle n'était pas très à l'aise avec les fanfarons qui la draguaient sans retenue devant leurs camarades réjouis. Pas davantage avec les pseudos ténébreux qui lui parlaient tout bas, la couvrant de leur regard de braise. Manon, sans avoir fait vœu d'abstinence avant sa saison, n'imaginait pas pour autant succomber aux assauts de ces prétendants. En fait, elle n'y pensait pas. Elle vivait sa vie d'en haut comme une parenthèse. Toute à son affaire, elle était hermétique aux tentations. Elle se bardait d'une carapace d'austérité et se montrait ferme face à trop d'insistance.

Cette posture se trouva fort appropriée lorsqu'un soir, à l'issue d'un week-end bien chargé, alors qu'elle ne songeait qu'à s'abandonner à la lecture d'un de ces romans qu'elle avait trop peu le loisir d'ouvrir, elle vit débarquer l'universitaire à la polaire grise. Seul.

Tout en sueur, il semblait ne pas s'être changé depuis leur rencontre. Il avait simplement complété son accoutrement de verres teintés, clipsés sur ses lunettes, et d'une casquette de toile beige munie d'un curieux bout de tissu dont la fonction était de protéger sa nuque des agressions solaires. Il s'approcha d'elle, tout sourire, présentant ses ratiches déchaussées, pour lui claquer une bise trop amicale.

Manon n'accueillit pas cette irruption imprévue avec enthousiasme. Mais, elle se sentait tout de même redevable, et elle sut se montrer presque accorte. Cette attitude, comprise comme une invite, provoqua chez le malheureux une jaculation frénétique. Durant la soirée, il suivit Manon dans tous ses déplacements, lui prenant les épaules, la serrant çà et là dans ses bras décharnés, lui susurrant des mots qu'il pensait tendres, tout en lui infligeant au passage la pestilence de son haleine de poney. Le temps passant, il se faisait de plus en plus pressant, avec une croissante maladresse. Son inexpérience en matière de jeux de séduction était affligeante, mais il s'était mis en tête que le coup de pouce apporté à Manon pour le gardiennage du refuge était le sésame d'un droit de cuissage qu'il caressait trop pour ne pas le considérer comme légitime. Résistant tout d'abord mollement aux avances de l'impétrant, elle se ravisa pour au final le renvoyer fermement dans ses vingt-deux mètres.

Plus honteux que réellement peiné, réalisant tout à coup sa bévue et le ridicule de la situation, il sut ne pas insister, et passa la fin de la soirée à s'excuser de son attitude déplacée.

– Je n'ai pas l'habitude de me conduire comme ça, Manon. Désolé.

– Pas de souci.

– Pas facile pour moi, depuis quelque temps. Je me sens si seul.

– Je comprends, mais, pour rencontrer du monde, avoue qu'il y a mieux qu'un refuge isolé dans la montagne.

– Oui, d'accord, mais j'avais vraiment envie de te voir, j'avais cru…

– Oups, je ne sais pas ce que tu as cru, mais je ne veux pas le savoir.

– Non, bien sûr. Encore une fois, je suis désolé. Comprends-moi. Je suis en retraite, ma femme est partie depuis des années. Mon fils est à l'étranger. J'ai moins la forme pour faire de la montagne. Je donne quelques cours par-ci par-là, mais c'est insuffisant ; j'ai la trouille de me désocialiser. À la fédé, je n'ai plus qu'un rôle subalterne. Les jeunes prennent le pouvoir. J'essaie d'écrire des articles, mais la revue ne m'en prend plus beaucoup. J'ai un bouquin en cours, dans lequel j'essaie de raconter mes aventures sur toutes les montagnes de cette terre, mais ça n'avance pas. Je manque d'inspiration. Les éditeurs à qui j'en ai parlé n'ont pas fait montre de beaucoup d'empressement… Alors, rencontrer une personne de la nouvelle génération, qui partage mes valeurs, ça me fait du bien.

– Oui, je comprends, c'est cool de me dire tout ça. Mais de là à m'utiliser comme exutoire et tenter de me séduire, non. Tu fais fausse route. Et puis, on ne va pas se mentir, je ne suis pas certaine de partager tes valeurs. Question de génération, justement. Tu ferais mieux de trouver des moyens plus modernes et plus adaptés pour faire des rencontres. Meetic, tu connais ?

Le calvaire que Manon craignit se transforma en une bienveillante séance de psychanalyse, dont elle se sortit sans trop de désagrément. Les ardeurs de l'universitaire s'étaient calmées. Certes pas les amphigouris qu'elle dut supporter jusqu'à la moitié de la nuit, mais c'était un moindre mal.

Manon baillait aux corneilles, mais tint bon jusqu'au terme de leurs échanges, qu'il conclut brusquement :

– Oh là là ! Faut que j'aille me coucher… J'ai des amis qui doivent me retrouver demain.

Manon comprit. Elle devait se résoudre à le supporter une journée et une nuit supplémentaires. Cette perspective la fit frémir. Elle espérait simplement que les amis en question feraient diversion et l'occuperaient. Elle n'imaginait pas le nouveau supplice qui l'attendait.

Les amis arrivèrent comme prévu. Un couple de soixante-huitards dogmatiques qui allaient passer la soirée suivante à vomir sur la modernité qui n'était pas la leur. Ils avaient été de la grande manif contre la centrale de Malville en 1977. Manon les imagina dans un combi orange hors d'âge, arborant des stickers « Nucléaire ? Non merci » et « Atomkraft ? Nein danke ». Ils avaient lutté avec conviction contre l'énergie totalitaire qui aurait, un jour, selon eux, raison de la planète. Quatre décennies plus tard, ils fustigeaient maintenant le lobby des constructeurs automobiles, qui avaient contraint les pauvres gens à rouler au mazout. Ils luttaient avec conviction contre l'énergie fossile qui aurait, un jour, raison de la planète. Ils réfléchissaient sérieusement à l'acquisition d'une voiture 100 % électrique, autrement dit en grande partie nucléaire. Autre temps, autre combat. La vie est un grand cercle !

Jérémiades et expressions de désespérance existentielle nourrirent ces jacasseries sans susciter de controverse. La montagne en était le terreau. Le recul des glaciers, l'urbanisation forcenée des stations, les maudits canons à neige, mettaient à mal leur espace de liberté. Tous les poncifs se concentraient dans une fébrilité verbale telle que Manon, pourtant plutôt en accord sur le fond des sujets abordés, s'ennuyait ferme. Elle monta se coucher tôt, laissant ses hôtes au panégyrique de la montagne sanctuaire.

IV

Garder un refuge tout un été procure des moments de solitude extrême, des moments d'ennui, des moments d'angoisse. Les rencontres que l'on y fait sont parfois terriblement assommantes, mais peuvent aussi se révéler passionnantes. L'isolement exalte des sentiments que les interférences extérieures atténueraient en zone urbaine. C'est ainsi une bonne surprise que vécut Manon en voyant arriver un petit groupe, un soir, alors que la saison touchait à sa fin.

Ils avaient réservé la veille au nom de Julie.

Julie arriva la première. Derrière, six personnes semblaient en souffrance lorsqu'elles prirent pied sur la moraine. Et derrière encore, un homme de grande taille, lourdement chargé, fermait la marche.

Les six personnes qui suivaient Julie dans la douleur étaient des ados de la cité. Ils participaient à un programme initié par la MJC de leur quartier. Celui qui fermait la marche était un vieux guide, un ami du père de Julie. Il avait été recruté pour sa rigueur et son autorité. « Un mec très sympa, mais pas particulièrement drôle », lui avait dit son père lorsqu'il avait proposé à Julie de donner un coup de main pour accompagner le groupe lors de la dernière sortie du programme. En effet, elle constata par elle-même que le gaillard était un austère taiseux. C'était assurément le bon profil pour canaliser l'énergie de ces ados atypiques, dont la singularité, et la récurrence du vocabulaire étriqué, bousculaient sa culture d'institutrice des quartiers huppés.

Le guide, par ailleurs gadzarts, en avait vu d'autres dans les chantiers de barrages qu'il avait eu à gérer un peu partout dans le monde. Alors, il intervenait avec calme lorsque les décibels devenaient insupportables.

En arrivant, Julie se présenta à Manon. Elle lui expliqua que la soirée risquait d'être agitée. Ces jeunes, une fois reposés de leur montée, reprendraient vite le cours des conversations qu'ils avaient dû abandonner au sortir du minibus pour attaquer la montée à pied.

Les quatre garçons et les deux filles qui composaient la troupe changeaient de sujet de discussion de manière décousue. Manon était prévenue.

Et en effet, après une courte sieste des ados, pendant laquelle Julie aida Manon en cuisine, et le guide se plongea dans le traité de la réforme de l'entendement de Spinoza, l'ambiance devint vite électrique. Manon captait dans un tintamarre étourdissant les mots qui se succédaient. Vociférations et envolées hystériques alternaient. Du côté des garçons, il était beaucoup question d'un match de football opposant deux équipes, dont celle de leur cité. La première, « nous », semblait s'être fait voler la victoire par « les autres fils de pute » à cause des erreurs d'arbitrage de « l'autre enculé ». Pourtant, « on a dominé tout le match et les autres tapettes y z'ont acheté l'arbitre », « les yeux de ma mère c'est la vérité, j'te dis, oh, c'est abuser ! ».

Un autre « fils de pute » nourrissait la conversation des filles. Celui qui « sort avec la salope de sa race qu'a pas d'honneur ».

Dans les deux groupes, une invite à « niquer ta mère » revenait fréquemment, s'adressant tantôt aux uns, tantôt aux autres, dans un alternat bien huilé ponctuant l'ensemble des sujets abordés.

– Stop ! On baisse d'un ton, intervint le guide, que les originalités lexicales des jeunes avaient extrait de son immersion dans le traité de Spinoza.

– Oh, on parle pas fort, m'sieur, répondit le seul ado qui l'avait entendu.

– Non, vous ne parlez pas, vous hurlez. En plus, il est tard, et demain on a une grosse journée, alors, tout le monde au pieu !

– C'est pas moi, c'est l'autre meuf…

– STOP !

Soudain calmés par l'autorité de ton du guide, bien que peu enthousiastes à l'idée d'aller se coucher si tôt, ils se levèrent un à un pour gagner le dortoir. Aucun ne se manifesta, à l'exception d'une jeune fille, qui murmura en passant devant Manon, « y m'casse les couilles, ç'bâtard ».

Tout de suite, le courant passa entre Manon et Julie. La première détailla avec plaisir son expérience de gardienne de refuge. La deuxième raconta avec détails sa nouvelle expérience d'encadrement. Elles restèrent longtemps à papoter, loin dans la soirée, longtemps après que le silence se fut installé.

Avant de rejoindre à son tour le dortoir, Julie demanda à Manon si elle pourrait rester quelques jours avec elle. Le refuge était encore ouvert pour une semaine, et elle n'avait rien prévu avant la rentrée scolaire. Si tout se passait comme convenu, Aldo, le responsable de la MJC, rejoindrait le groupe après la course du lendemain pour accompagner la redescente le surlendemain. Elle serait libre de rester.

– Ah, cool ! Ce serait trop cool que tu m'aides à fermer le refuge, lui dit Manon. On va pas se mentir, ça me fait un peu flipper de finir la saison toute seule.

– Et moi, ça me fait encore plus flipper de repartir avec eux. Le guide, il est genre taciturne, et les jeunes de la téci, je ne peux plus les supporter. Ça craint. Déjà, la journée de demain, sur la montagne, je me demande comment je vais faire, tu vois. Je m'attends à ce qu'ils fassent n'importe quoi. Alors, voilà…

Aldo arriva au refuge juste avant que les jeunes, accompagnés du guide et de Julie, ne reviennent du sommet à qui ils étaient fiers d'avoir « niqué sa race ».

Pour la première fois de leur vie, ils étaient montés à plus de trois mille mètres. Ils avaient fait des selfies en nombre, déjà envoyés dans la cité comme preuve de leur exploit. Le soir, ils se tinrent tranquilles, par l'effet cumulé d'une grande fatigue et de la crainte des coups de gueule devenus légendaires d'Aldo. Peut-être aussi, mais c'est moins sûr, par l'effet d'un peu de zénitude procurée par l'ivresse de l'altitude et la beauté de la montagne.

Aldo accepta que Julie reste.

– C'est bon, Julie, tu as déjà bien assuré. Je vais les ramener avec le guidos, et je te garantis qu'ils vont pas moufter, les loulous.

V

À trente-trois ans, Manon avait trouvé les ressources pour réorienter sa trajectoire professionnelle et sa vie. Elle était heureuse de partager ça avec Julie. Elles se trouvèrent tout de suite pas mal de points communs, à commencer par la montagne, que chacune pratiquait depuis son enfance. Après s'être raconté comment elles avaient commencé très jeunes, avec leur famille, puis s'être émancipées, tout fut dit avec passion et profondeur sur le sujet.

Les conversations prirent un ton plus intime lorsqu'elles abordèrent les sujets de leurs parcours de vie, qui les avaient conduites, toutes deux, autour de la table de ce refuge isolé et désert.

Chacune se demandait pourquoi l'autre était là, seule, la trentaine sonnée pour l'une, la trentaine approchante pour l'autre. Comment avaient-elles pu s'éloigner du chemin qui, comme pour la plupart de leurs copines, aurait dû les conduire vers une vie sociale et de couple équilibrée, vers la construction de projets plus classiques.

Chacune affirma à l'autre avoir choisi de vivre seule, au moins pour l'instant.

Mais, chacune mit en doute les affirmations de l'autre. Ce choix n'était-il pas plutôt le fruit d'un concours de circonstances, voire d'un traumatisme ?

C'est Manon qui leva le voile la première :

– En fait, j'ai passé trois ans avec un mec auquel j'étais très attachée au début. C'était cool et puis, avec le temps, il m'a saoulée parce qu'il était incapable de rester en place. Il avait un besoin frénétique de faire du sport en montagne. C'était devenu obsessionnel. Le pire, c'est qu'il s'était créé un univers exclusif autour de ce qu'il appelait sa passion. Quel con ! En fait, je me suis rendu compte après coup qu'il faisait ça pour moi, pour me prouver qu'il progressait.

– C'est tout à son honneur, non ? Reprit Julie.

– Oui, d'accord, mais on ne va pas se mentir, au quotidien, c'est pas cool ! C'est même invivable… Quand je l'ai connu, il débarquait du nord de la France. Il avait un peu grimpouillé, mais rien d'autre. Son obsession d'alors était d'arriver à mon niveau de ski et d'alpi. C'était n'imp'. Moi, je baigne là-dedans depuis toujours. Je n'ai jamais essayé de nager le crawl, ni de surfer les vagues comme lui.

– Alors quoi ? Tu l'as quitté ?

– Ben ouais, l'été dernier. Au bout de trois ans… le pauvre ! Je m'en veux vraiment, et je me dis que les choses auraient pu tourner autrement. Si j'avais été plus attentive à ses messages. À ce qu'il tentait de me prouver, au lieu de m'irriter systématiquement de ses obsessions. Je n'ai pas essayé de le comprendre, d'analyser ses provocs. C'est nul, surtout qu'à côté de ça, il était bourré de qualités et d'intelligence créative. Mais en fait, la vraie raison, on ne va pas se mentir, c'est que je n'étais plus amoureuse. Maintenant, on ne peut plus faire machine arrière et je me sens responsable.

– Responsable de quoi ?

– De ses conneries, qui l'ont conduit là où il est.

– Et il est où ?

– À Rocheplane, un centre de rééduc près de Grenoble.

– Ah oui, j'en ai entendu parler. C'est genre un endroit où il y a plein de sportifs qui se sont fracass. Et qu'est-ce qu'il fout là ?

– En fait, quand je l'ai quitté, il s'est vengé sur le sport et il s'est mis à engager de plus en plus. Malheureusement, il se gardait de moins en moins de marge de sécu.

Manon exposa à Julie les conditions qui conduisirent Rudy dans un fauteuil roulant. Il sortait presque tous les jours, mais, comme son métier lui prenait du temps, il avait pris l'habitude, en semaine, de courir la montagne très tôt le matin et tard le soir. Une vraie bigorexie. Plus rien ne l'arrêtait. Il l'épuisait et il était épuisé… Lorsqu'elle le retrouvait, c'était pour l'entendre fanfaronner. Il en faisait des tonnes. Selon qu'il allait grimper, skier, courir, pédaler, il changeait de groupe de ceux qu'il appelait ses amis. Il en avait un dans chaque domaine, au CE de son labo, ou dans les clubs auxquels il adhérait sans modération. Cette hyperactivité cachait, en réalité, sa solitude et son mal de vivre. Elle avait empiré depuis le départ de Manon. C'était sa façon à lui de soigner sa détresse.

Plus qu'une nuit. Le lendemain, Julie et Manon devaient prendre le chemin de la vallée. Julie avait sa rentrée dès lundi. Pour la première fois, elle n'avait pas de motivation à retrouver ses élèves. Elle admirait l'audace de Manon, qui osait tenter une aventure délicate, qui rompait avec les codes d'une existence confortable, et qui acceptait de ne pas savoir de quoi demain serait fait. Pour Julie, l'avenir était tracé. L'enseignement était, croyait-elle jusqu'ici, son sacerdoce. Section des petits, section des moyens, section des grands, constituaient les variantes de son horizon professionnel. Elle y avait trouvé beaucoup de plaisir et se sentait encore investie d'une mission supérieure, convaincue qu'elle était de contribuer à construire les fondations du monde de demain. Elle se rendait compte que sa foi s'était émoussée, et qu'elle allait devoir puiser loin dans ses ressources intérieures pour retrouver un peu d'envie.

Manon terminait de plier les couvertures, ranger la vaisselle, récurer le plan de travail. Elle mettait tout en œuvre pour que le prochain gardien s'installe dans un espace plus accueillant que le cloaque découvert en début de saison. Julie, pour sa part, tournait en rond, submergée par la mélancolie.

Constatant l'attitude inhabituelle de sa nouvelle amie, Manon s'imposa une pause et s'enquit du trouble qui visiblement l'animait.

– Y'a un truc qui va pas ?

– Non, enfin, oui. J'ai trop pas le goût de reprendre le boulot. Pas le goût de retourner à Lyon non plus. Pas le goût de me retrouver entre les quatre murs de mon appart.

– Ça, c'est normal, j'ai connu ça, moi aussi, quand il fallait retourner à l'agence après les vacances. Pas cool. Le problème pour vous, les instits, c'est que l'été est trop long, et que c'est dur à chaque fois de se remettre dans le bain.

– Là, c'est pire que ça… En fait je me demande si ce n'est pas toi qui as raison d'avoir tout plaqué. Je me demande si je vais être motivée pour faire ce métier toute ma vie.

– Mais si, tu verras, quand tu y seras retournée, ça va bien se passer. Tu vas retrouver tes collègues, tes potes, un nouveau mec… Au fait, depuis quand tu n'as plus de mec ? On n'en a même pas parlé. Hier, je t'ai raconté plein de choses, et toi, tu n'as pas pu en placer une. Désolée…

– Pas de mec. Enfin, pas de mec attitré. Plutôt des mecs qui passent. Il y a belle lurette que je n'ai pas été amoureuse.

– Un peu comme moi, en fait. Depuis Rudy, c'est un peu désertique, côté affectif, mais bon… Je ne suis pas venue garder ce refuge tout pourri dans l'espoir de rencontrer l'homme de ma vie. Quoique… J'en ai vu passer deux ou trois dont j'aurais bien fait mon petit quatre heures… mais, sur la mezzanine, devant tout le monde, ça aurait été un peu limite. Et puis, ils se levaient tous avant quatre heures du mat, ils étaient venus pour ça. Un peu short pour les grasses matinées crapuleuses.

– Figure-toi que la baise en refuge, ça me renvoie à une très furtive aventure, qui est aussi ma plus belle histoire d'amour, je crois. En fait c'était plutôt une histoire, comment dire, une histoire de passion chimique. Violente. Pas le genre d'histoire d'amour qui dure toujours… J'y pense souvent, même si ça fait plus d'un an, maintenant. Franchement, je n'ai jamais éprouvé un truc aussi fort. Le problème, c'est que ça a tourné trop mal. Il s'est passé un truc inimaginable et mon copain est complètement parti en live.

Les deux filles, profitant de cette dernière journée ensemble, se posèrent sur la terrasse avec des bières, et Julie relata en détail sa rencontre avec Louis. La bouteille de Minuty, le chalet d'alpage, la première virée en montagne, au Grand Cerviso, le refuge d'hiver, les Espagnols, l'accident… Jusqu'au départ précipité de Louis.

– Ce que tu me dis là me rappelle quelque chose, ou plutôt quelqu'un. Ton Louis, il n'était pas associé dans une agence d'incentive à Lyon, par hasard ?

– Si, quand je l'ai rencontré, c'est ce qu'il faisait. Pourquoi, tu le connais ?

– Oui, enfin, pas trop. En fait, j'ai bossé dans sa boîte à la sortie de mes études. C'était top cool, l'ambiance. Mais lui – beau mec, il faut bien le reconnaître, et super doué – mais quel branleur ! J'ai gardé quelques contacts avec mes anciens collègues. Du coup, quand ils m'ont raconté que Louis avait vendu ses parts et était parti du jour au lendemain pour « changer de vie », ça m'a super étonnée. C'était au début de l'été, je crois. Ils ont perdu sa trace, depuis.

– J'y crois pas… Tu connais Louis ?

– Ben, oui. C'était un pur lyonnais qui cultivait son côté bobo. Mais en fait, il était moins superficiel qu'il voulait le faire croire.

Je me souviens qu'il était hyper branché sur la culture urbaine, et incollable sur l'histoire du street-art.

– Et le Pop Art, comme il disait. Moi, j'y connais rien !

– Sinon, côté physique, il y avait du potentiel. En fait, quand il n'était pas en représentation ou en soirée, il faisait des efforts pour se tenir en forme. Mais c'était toujours à l'insu de ses relations. On a fait quelques footings ensemble entre midi et deux, des fois, et puis, à une époque, je l'ai amené à la salle pour grimper. Il était doué, ce con. Et comme il ne savait pas faire les choses à moitié, il s'est équipé au *Vieux* et on y est allés au moins trois fois par semaine. Ça n'a pas duré longtemps, peut-être trois mois, avant qu'il ne jette l'éponge. Ça lui prenait trop de temps sur la tournée des bars, disait-il. Mais quand il a arrêté, il était dans le 6b-6c à vue. Une seule fois, je l'ai emmené grimper dehors. Lui, ça ne lui serait même pas venu à l'idée. Et puis, il a fourgué tout son matos à un collègue.

– Ah, il ne m'a pas dit qu'il avait grimpé, avant.

– C'est sûr, il préférait les jet-setteurs et les grapheurs aux grimpeurs. Je me souviens de la soirée qu'il avait organisé quand je suis partie. Oh là là ! Ce qu'on s'est mis… ce soir-là. Il m'a draguée comme jamais. Une manière à lui de me dire au revoir. J'en aurais bien fait mon quatre-heures, mais il était vraiment trop saoûl. Tant pis pour lui, et pour moi, sans doute… Heureusement, il était assez lucide et assez délicat pour ne pas insister lorsque je lui ai fait comprendre que je ne mettrai pas un type bourré dans mon lit.

Avant ça, on s'entendait bien. Il m'avait même proposé de rester à l'agence, avec un CDI à la clé.

– Alors ça, c'est trop… On a connu le même mec, à quelques années d'intervalle. Mais, pour le coup, j'ai pas du tout le même souvenir. Je l'ai moins connu, mais en vrai, on a eu un coup de foudre violent. Et c'était super.

– C'est dingue de penser qu'il a tout lâché du jour au lendemain, et qu'à l'origine de tout ça, il y a toi, et le Grand Cerviso, que j'aime tant ! Alors, pourquoi tu n'es pas restée avec lui ?

– C'était une relation intense, mais ça a été court. Je pense que l'histoire des Espagnols a précipité les choses. Mais, avec le recul, je me rends compte qu'il n'était pas prêt à s'engager. On n'était pas du même monde, et pas tout à fait de la même génération. Tu vois, il ne me parlait pas de lui, sauf pour étaler le pire. Ses goûts artistiques, il a attendu notre rupture pour m'en parler. J'aurais adoré qu'il m'initie, mais on ne réécrit pas l'histoire. Au fond, il savait depuis le début qu'on n'était pas fait l'un pour l'autre. Je le savais aussi, mais j'étais amoureuse. Après, j'ai été très malheureuse. Et puis, ça passe. Je me suis remise à fond dans la musique… alors voilà.

Je n'ai pas de nouvelles depuis quelque temps. Je sais qu'il est parti en Espagne, et qu'il est en contact avec la famille de deux guides qui se sont plantés sur la face nord. On a passé leur dernière soirée avec eux au refuge d'hiver. La dernière fois que je l'ai eu, il ne travaillait pas. Je n'ai pas trop su ce qu'il faisait de sa vie. Il est resté très vague. Mais enfin, c'est comme ça avec lui, il est genre pas toujours facile à cerner…

Julie mit un terme à son histoire. Elle ne savait plus rien de la destinée singulière de Louis.

VI

À bord de sa « Caravelle de vieux bab », Louis prit la route de l'Espagne. Destination l'Aragon, où devaient l'attendre les compagnes de Luis et Alejandro. Retrouver leur trace lui prit une soirée, et le croisement de la presse ibérique, de Facebook et d'Instagram. Il ne connaissait que les prénoms Luis et Alejandro, mais leur petite notoriété, et l'émotion suscitée par leur disparition, lui permit de vite remonter jusqu'à leurs proches et leur famille. Pas difficile de découvrir qu'ils avaient une sœur et deux frères, qu'ils vivaient dans un village au pied de l'Aneto, dont le père était le maire-aubergiste-épicier, et ancienne gloire du pyrénéisme ibère. Pas difficile de découvrir que Luna était la compagne de Luis, et Sofia, celle d'Alejandro.

La prise de contact fut plus délicate. Après plusieurs tentatives et moult messages infructueux, en franco-espagnol approximatif, il arriva enfin à joindre Luna. Il lui dit qu'il souhaitait venir les voir, elle et Sofia. Mais il ne sentit pas de réaction enthousiaste de leur part. Il dit qu'il voulait entendre parler des deux frères, de leur passion. Il pensait qu'elles seraient intéressées de savoir toute la force qu'il avait ressentie en eux lors de leur unique soirée passée ensemble, la veille de leur mort. Lui désirait en savoir plus. Et partager un peu d'intimité avec leurs compagnes. Mais son exaltation se heurta à ce qu'il prit pour de l'indifférence. Luna s'exprimait avec calme et détachement. Sans être désagréable, elle mit d'emblée entre elle et Louis une infinie distance. Elle accepta, comme Sofia, qu'il vienne. Mais ajouta qu'elles ne seraient certainement pas là, ni l'une ni l'autre, quand il arriverait. Bizarre. D'où venait une telle ataraxie, se demanda Louis. De son côté, c'était si perceptible qu'il s'en trouva fort déstabilisé. Son projet, si personnel, ne se passait pas comme il l'avait rêvé.

Il était sur le point de laisser tomber, quand il reçut un coup de fil d'une certaine Araceli, la petite sœur de Luis et Alejandro. Elle lui exprimait, dans un joli français, maîtrisé et tout en nuances, qu'il était le bienvenu, et ce en dépit de la réaction de ses belles-sœurs.

Il prit son temps pour rejoindre le village. Il fit une pause à Carcassonne, visita quelques ruines de châteaux cathares, fit un détour en Andorre pour le pastis, et le whisky. C'est en s'approchant du village qu'il finit par se questionner vraiment. N'était-il pas en train de faire une connerie ? Quel était le sens de cette quête ? Que cherchait-il depuis des mois ? Pourquoi se rapprocher des parents et des frères et sœur de ces deux alpinistes ? Avec qui et pour qui venait-il éventuellement grimper ici ? Quelle « voie ultime » cherchait-il pour lui ? Son appréhension allait croissant, et il ralentissait à mesure qu'il s'approchait.

À quelques kilomètres du village, l'idée lui prit de faire demi-tour. Battre le rappel de ses amis lyonnais. Leur demander de mettre quelques flacons au frais. Qu'il serait de retour le lendemain.

Et puis, il se décida. C'est idiot, se dit-il, d'être ici, si près du but, pour renoncer. Alors, il gara le van dans un champ au bord d'une petite rivière, engloutit quelques rasades de whisky andorran, avala un bocal de cassoulet froid qu'il trouva fort écœurant, et s'endormit là, dans sa voiture, sans plus réfléchir au lendemain.

Au milieu de la nuit, agité par ses excès et la situation dans laquelle il s'était mis, il se leva pour pisser et il vomit le fruit de ses originalités gastronomiques. Son éphémère ivresse, se dit-il, n'était qu'un triste épisode, à mettre sur le compte d'une émotivité incontrôlée. Il chancela jusqu'à la rivière, s'aspergea d'une eau glaciale qui lui remit les sens à l'endroit. Sa décision lui parut claire et irréversible. Le lendemain, il serait au village.

Au petit matin, Louis n'était pas frais. Il reprit la route, et s'arrêta dans un camping, où il négocia un copieux petit-déjeuner et une douche.

Il était redevenu présentable, et il ne se posait plus de question. Il roula d'une traite jusqu'à sa destination. Arrivé au village à midi, il se gara devant l'auberge du patriarche et entra.

Il n'y avait pas un chat dans la salle à manger. De toute évidence, les horaires espagnols étaient une réalité. Des photos de montagne tapissaient des murs décrépis. Il en fit le tour, en attendant que quelqu'un veuille bien pointer son nez. Sur certaines images, il reconnut Alejandro et Luis. Des inconnus posaient face à l'objectif, en tenue d'alpiniste. Tous avaient un air de famille. Sur un beau cliché noir et blanc, il repéra un colosse barbu d'une trentaine d'années, posant fièrement devant un impressionnant monolithe. La photo était légendée « Ama-Dablan-Estéban. 1976 ». Juste à côté, un cliché l'arrêta. S'y trouvait, tout sourire, une jolie blondinette aux yeux bleus, en tenue de trail. Louis se perdit dans la grâce de cette petite nana aux faux airs de Kristen Stewart dans Personal Shopper.

– Hola !

Il se retourna, et se retrouva face au colosse et à la jolie fille. Elle, diablement belle, plus encore que sur la photo. Lui, toujours barbu, mais poivre et sel, un peu empâté mais encore athlétique. Quatre décennies le séparaient de la photo.

– Je pense que tu es Louis. Moi, c'est Aracclí. Lui, c'est mon papa. Mais il parle peu le français. Moi, ça va, j'ai fait des études à Toulouse.

– Oui, je suis Louis. Je viens d'arriver.

– Je t'ai reconnu. J'ai vu des photos de toi sur Internet.

– Tu viens pour Sofia et Luna, mais elles ne sont pas là.

– Oui, elles me l'ont dit. Je ne comprends pas bien pourquoi elles ne sont pas contentes que je vienne.

– C'est surtout que personne n'a compris pourquoi tu veux tellement nous voir.

– C'est vrai que ça peut sembler étrange. En fait, je voulais parler de la voie ouverte par Luis et Alejandro… Je ne sais pas jusqu'où ils ont pu grimper. Personne n'y est retourné depuis. Ça fait un moment que j'y pense. Je me demande ce qui les a poussés là-bas. Je me demande ce que cette face nord du Grand Cerviso avait de si particulier pour eux. Je me suis dit qu'en rencontrant leurs compagnes et leur famille, cela m'aiderait à le savoir qui ils étaient. En fait, je voudrais comprendre les derniers mots que m'a dit Luis en partant vers la voie.

– Je comprends que tu es un peu fou, non? Tu sais, pour nous, ici, il y a un an que mes frères sont partis mourir dans cette montagne di mierda. Ça fait un an qu'on essaie de vivre sans eux, de faire notre deuil. D'oublier qu'ils sont allés chercher là-bas, dans les Alpes, ce qu'on trouve ici, dans les Pyrénées, en plus beau. Et cela fait un an que Luna et Sofia sont en… Comment vous dites, déjà, en français… « Parties en vrille », c'est ça?

– Que veux-tu dire?

– Que depuis, on les a perdues, elles aussi.

– Comment ça, on les a perdues? Je leur ai parlé au téléphone.

– Elles ont pris un chemin qui les a éloignées de nous. C'est Sofia qui a commencé. Elle était si malheureuse qu'elle est allée chercher du réconfort dans un ashram du côté de Barcelone. Et puis, Luna l'a suivie. On ne les voit presque plus. Elles sont avec des gens bizarres. Ils leur ont expliqué que, quand Luis et Alejandro étaient vivants, leurs corps et leurs esprits étaient attachés, mais, qu'à la mort, leurs esprits ont continué à vivre. Ils ont peut-être déjà trouvé un autre corps. Ils leur ont dit que la mort, c'est pas grave. Qu'on est réincarné. Moi, je vois bien que ça les a apaisées, de croire ces *estupideces*. Mais ce n'est pas facile pour nous. Et encore moins pour le petit Pablo. Sofia a toujours été mystique, et sa décision de partir n'a étonné personne. Luna, c'est différent. Je suis sûre qu'elle fait ça comme une *terapia*. Avec le temps, elle va faire son deuil de Luis et elle reviendra s'occuper de Pablo. Mais, pour l'instant, elle est trop triste, et Sofia la rassure avec ses croyances.

Le colosse, qui se tenait un peu à l'écart et s'était tu jusque-là, n'en a en fait pas perdu une miette. Plus apte à comprendre la langue de Molière qu'à la pratiquer, il se lança dans un long monologue, vociférant de sa voix de stentor qui faisait vibrer les murs de l'auberge.

Louis qui, de son côté, ne connaissait de l'espagnol que quelques formules de politesse et des rudiments d'argot, saisit quelques mots à la volée. « La puta. la mierda. Joder. Coño. Basura. Maldita montana. Muerte… »

Araceli n'osa pas l'interrompre. Son père apparut à Louis à la fois courroucé et exalté. Il faisait des gestes amples, donnant de grands coups de poing sur la table, étrillant son épaisse tignasse grise de ses battoirs immenses, et ses bacchantes frémissaient.

Subitement, comme pour conclure, il se leva et alla attraper derrière le bar trois verres, et une cruche emplie d'un liquide jaunâtre. Il posa l'ensemble sur la toile cirée, puis il décrocha un des jambons pendus aux poutres. Il alla chercher du pain en cuisine.

– Sidra y jamon Pata Negra !

Louis n'avait qu'une vague idée de la teneur des propos paternels, mais l'arrivée des victuailles festives lui laissa augurer que sa visite recevait maintenant un accueil plus favorable.

Il resta coi, et attendit qu'Araceli lui traduise le soliloque de son papa.

– Papa dit qu'il est triste que la voie de mes frères soit restée fermée. Il dit que cette montagne « de merde » lui a pris deux fils, et qu'elle n'a rien donné en échange. Il dit que, maintenant, personne ne doit plus y aller parce qu'elle est à nous. Luis et Alejandro préparaient l'ascension depuis longtemps. Ils disaient que c'était la voie de leur vie. Pas que c'était la voie de leur mort. Il aurait aimé que mes deux autres frères aillent sur place. Mais ils ne sont pas alpinistes. Manu est musicien à Barcelona, classico, il donne des cours de piano. Paco est ingeniero informatique. Il travaille dans une start-up de la Silicon Valley. Il déteste la montagne, et on ne le voit pas souvent. Mais, toutes les semaines, il est sur Skype avec ma maman. Il est parti en Californie après l'enterrement de nos deux frères et maintenant, il fait sa vie là-bas. Et mon papa est trop vieux. Et il a pas envie de voir la montagne qui a pris Luis et Alejandro. Il vient de demander si tu veux y aller.

– Je n'ai pas vraiment pensé à ça. C'est étrange, d'ailleurs. Peut-être pas encore. Là, je voulais juste connaître la famille. Sans but. Sans savoir vraiment ce que je cherche.

– Moi, je sais ce que tu cherches, et mon papa aussi.

– Ah… Et je cherche quoi, alors ?

– Tu cherches la voie de mes frères, et c'est pour ça que tu es ici. Et moi aussi, je veux la trouver. Un jour, je vais y aller.

– Avec moi ?

– Mon papa ne veut pas que j'y aille. Il dit qu'il ne veut pas me perdre aussi. Et il dit que la Madre ne voudra jamais non plus.

– Alors, on n'en parle plus. En tout cas, je suis content que vous ayez accepté de me recevoir. Je vais rentrer en France. Et les deux

Boudhistes, tant pis si je ne les ai pas vues. Qu'elles vivent leur catharsis avec les nonnes et les moines ! Mais au fait, il est où, Pablo ? À l'ashram ?

– Non, il vit avec mes parents. Luna n'est pas en état de s'en occuper. Mais elle vient le voir. On espère qu'elle ne va pas l'emmener en Inde un de ces jours. Ici, il est bien, il va à l'école des petits. Il a des copains.

Avisant le mur qui lui faisait face, Araceli fixa une photo de ses frères qui posaient avec leurs compagnes. Alejandro et Sofia, la tignasse ébouriffée, arborant tuniques et sarouels, dans une nature luxuriante, faisaient figure de hippies post-modernes. Le couple Luis et Luna semblait beaucoup plus classique. Luis portait les cheveux longs, mais bien ordonnés et rangés en catogan. Ils semblaient plus ancrés dans le monde. Luna, belle et rayonnante, illuminait la photo d'un sourire éclatant.

– Et toi, Araceli ? Tu vis ici aussi ?

– Non, juste pour les vacances et quelques jours par-ci par-là. Sinon, je suis à Barcelona. J'enseigne la littérature à l'université. Et je grimpe quand j'ai du temps libre. Si tu veux, on peut aller grimper si tu ne repars pas tout de suite.

Louis, qui vivait au jour le jour, sauta sur l'occasion. Renonçant à loger dans son van, il loua un gîte au village. Pour une durée indéterminée, attendant de voir où le mènerait son aventure hispanique.

Il fit la connaissance de Carmen, la Madre, cuisinière hors pair. Dès les premiers jours, elle lui fit découvrir les secrets de la cuisine catalane. Il se prit vite d'affection pour Estéban, le père. Ancien guide, ancien grand voyageur, défricheur de contrées ignorées. Il nourrissait une belle complicité avec Pablo, un petit bonhomme tonique et joyeux qui multipliait les calembredaines dès que les adultes avaient le dos tourné.

Il découvrit la vie d'une famille nombreuse, qui avait connu un grand malheur mais qui gardait une forte cohésion. C'était à l'inverse de ce qu'il vivait, lui, avec son père dont il s'était peu à peu éloigné, et avec qui il ne communiquait que rarement. Il ne l'avait d'ailleurs pas vu depuis des mois. Il n'avait même pas songé à lui dire qu'il partait pour l'Espagne.

Carmen avait visiblement du mal à remonter la pente. La perte de deux de ses fils avait été un choc terrible qui l'avait plongée dans une dépression sévère. Elle gardait une profonde tristesse existentielle, qu'elle faisait l'effort de dissimuler à ses trois autres enfants, à Estéban et à Pablo. Quand elle était avec Pablo, il lui arrivait même de rire de bon cœur de ses facéties. Il était pour elle le prolongement de Luis. Cela atténuait son malheur.

Estéban vivait les choses autrement. Il se persuadait que ses fils étaient allés au bout de leur rêve, qu'ils avaient été heureux et que leur disparition devait plus au destin qu'à la dangerosité de la montagne. Il avait déjà été confronté à la mort de proches, en montagne ou ailleurs. Il avait lui-même survécu à des situations extrêmes. Il ne voulait pas incriminer le terrain d'aventure qui avait nourri ses propres idéaux. Certes il était terriblement affecté par ce non-sens absolu qui voulait que ses enfants partent avant lui. Mais il appréciait qu'Araceli, sa seule fille, sa petite dernière, soit garante du lien passionnel que la famille entretenait depuis plusieurs générations avec la verticalité.

Araceli, quant à elle, avait appris à vivre sans ses frères. Ils étaient, comme elle, souvent par monts et par vaux quand elle poursuivait ses études en Espagne puis en France. Ils se voyaient peu et, s'ils lui manquaient beaucoup, un an après leur accident, elle avait choisi d'aller de l'avant. Et de grimper quand même. C'était juste un accident. Pas le germe d'une malédiction familiale.

Au fil de cet été, Araceli et Louis finirent par avoir parcouru pas mal des falaises de l'Aragon, de Cavallers aux Mallos de Riglos, Des Terradets à Montrebej.

Ils commençaient à former une cordée solide. La confiance réciproque se construisait chaque jour, et Louis s'affûtait progressivement. Il ne picolait presque plus. Son niveau, désormais, était proche de celui d'Araceli. Il avait totalement intégré le projet de refaire la « voie ultime » de Luis et Alejandro avec Araceli. Il savait qu'il ne cherchait pas d'autre voie ultime. Mais il se sentait prêt, déjouant ses vieux principes, pour se confronter à la haute montagne.

– On est bien, ici, dans les Pyrénées, c'est les plus belles montagnes du monde. Ça te plaît pas, de grimper au soleil ?

– Si, bien sûr, ça me plaît surtout de progresser. Mais le but, il me semble que c'est le Grand Cerviso, avec toi.

– Ou avec quelqu'un d'autre.

– Pourquoi tu dis ça ? On a bien prévu d'y aller ensemble ?

– Oui, mais maintenant, ce n'est pas sûr.

– Alors qu'est-ce qu'on fout là, ensemble, à grimper tous les jours ?

– Moi, je grimpe tout le temps. Avec toi, avec d'autres… En fait, j'aime bien grimper avec toi. Tu progresses vite. Mais c'est pas juste pour aller dans les Alpes refaire la voie de mes frères. C'est *my way of life*. Ma mère, elle a très peur de ton projet. Et mon père, il trouve que c'est une belle idée mais il m'a dit que tant qu'elle ne voudrait pas, il n'insisterait pas. D'ailleurs, il voudrait te parler.

– De quoi ?

– Je sais pas trop, tu verras avec lui.

Après une semaine de grimpe et de bivouac dans les Riglos, Araceli et Louis revinrent au village. On était au cœur de l'été, mais l'auberge était calme. Pablo avait été récupéré par les parents de Luna, des commerçants de Girona qui avaient à cœur de canaliser son énergie débordante pendant une partie de leurs vacances balnéaires sur la Costa Brava.

Estéban semblait en effet avoir quelque chose à dire. Tournant autour des tables de l'auberge, il commençait des phrases qu'il ne finissait pas, posant des questions dont il n'attendait pas les réponses. Il paraissait tourmenté.

– Tiene algo que decirme ? lui demanda Louis, dont la maîtrise de la langue émergeait peu à peu.

La réponse fut immédiate. Estéban partit dans une diatribe à rallonge dont Louis ne capta que quelques bribes éparses, ne lui permettant pas d'en appréhender le sens. Les mots montana, Himalaya, Ama Dablam, mierda, Luis, Alejandro, Sherpa… revenaient au milieu d'un pêle-mêle incompréhensible. Louis, qui tentait d'être attentif, se laissa déborder et lâcha prise. Il s'en remit à la traduction d'Araceli.

– Bon, alors, qu'est-ce qu'il a à me dire de si important ?

VII

Araceli lui parla d'abord de son père, qui avait depuis longtemps raccroché ses crampons pour se consacrer à sa famille, son auberge et son village, mais qui gardait de son métier de guide des souvenirs très présents.

– Mon papa était un jeune guide reconnu. Il m'a dit de te raconter son histoire. Un de ses clients, qui aimait beaucoup l'alpinisme, lui avait demandé de l'emmener à l'Ama Dablam.

Ce que venait de raconter Estéban était important pour le projet de Louis. Elle en reprit les grandes lignes, essayant de lui traduire le plus clairement possible.

– Le client d'Estéban s'appelait José-Angel. Je le connaissais. Quand j'étais petite, il venait de temps en temps voir mon papa à l'auberge. Ils étaient plus ou moins du même âge, mais dans le style, tout les opposait.

– Il faut dire que, dans le style, clairement, y'a pas grand monde qui peut ressembler à Estéban…

En effet, Araceli lui expliqua qu'Estéban était aussi massif et hirsute que José-Angel était fin et élégant. Il venait toujours dans des voitures rutilantes, les bras chargés de cadeaux pour les enfants. Araceli savait qu'il était à la tête d'une belle entreprise agro-alimentaire, héritée de son père. Lui-même n'avait pas de descendance. À chacune de ses visites, c'était la fête et, avec Estéban, ils refaisaient le monde des soirées entières.

– Et alors, tu veux en venir où, avec cette histoire, Araceli ?

– Deux minutes, Carino, je vais te dire… José-Angel avait un frère aîné, Andres. Il était connu, à l'époque, dans le milieu de l'alpinisme en Espagne. Vers les années soixante-dix, il avait fait pas mal de belles routes dans les Andes. Après, tu vois, il a décidé d'ouvrir une nouvelle voie sur l'Ama Dablam. Il était un peu fou. Cette montagne, elle le faisait rêver parce qu'on disait que c'était comme une des quatre plus belles montagnes du monde, avec le Matterhorn, l'Alpamayo et puis le K2. Andres, il avait déjà grimpé le Cervin et l'Alpamayo. Alors, l'Ama Dablam, c'était son objectif d'après.

L'évocation de ces noms de sommets semblait émouvoir Estéban, qui regardait alternativement sa fille et Louis, en grognant et en tripotant ses bacchantes. Il invita Araceli à poursuivre sa narration et, du regard, exhorta Louis à rester attentif.

Araceli reprit :

– Andres est venu ici quelques jours avant de partir. Il avait tout bien organisé, avec des grimpeurs espagnols très forts, et là-bas, ils avaient embauché une équipe de sherpas qui avaient déjà l'expérience de cette montagne. L'expédition, ça se passa bien au début, et puis voilà… il y a eu une tempête, et puis une avalanche monstruosa. Elle a emporté la cordée de tête où il se trouvait avec deux de ses companeros. On a retrouvé les trois corps seulement plusieurs mois après. C'était très triste et difficile pour José-Angel.

Estéban ne tenait plus en place. Il ne comprenait pas tout ce que disait Araceli, mais il ressentait le besoin de compléter sans cesse ses propos. Il se levait, se rasseyait, pointait du doigt la photo sur laquelle il posait devant l'Ama Dablam, se servait et se resservait du café et de la Licor Cuarenta y Tres. Son bouillonnement déconcentrait Araceli, trop souvent interrompue. Son monologue se transforma en une sorte de d'échange théâtral, qui gagnait en intensité à chaque réplique. À son tour, Louis tenta de percevoir le sens de ce dialogue animé.

Il comprit, en substance, de quoi il retournait :

José-Angel s'était occupé du rapatriement du corps d'Andres. Lorsqu'il était à Katmandou pour les formalités administratives, il était monté jusqu'à Tengboche, à la rencontre des sherpas qui assuraient la logistique de l'expédition. Du camp 2, les Népalais avaient assisté, impuissants, à la disparition des alpinistes espagnols. Ils lui avaient parlé de la belle météo des premiers jours. De la forme éblouissante des Espagnols, qui grimpaient vite. Et puis, le temps avait tourné. Les sherpas avaient compris qu'une tempête arrivait, et qu'il allait être dangereux de faire le sommet. Ils avaient tenté de persuader les grimpeurs de rebrousser chemin. Mais, aveuglés par l'imminence de leur exploit, si près du but, ils s'étaient entêtés. Les sherpas n'avaient eu de cesse de répéter à José-Angel que cette montagne était belle, mais que les dieux qui l'habitaient voulaient être traités avec respect. Qu'ils ne voulaient pas de visite lorsque le temps était mauvais. Ils avaient même proposé à José-Angel de l'y accompagner, plus tard, s'il le souhaitait. L'idée avait mûri. Avec un bon entraînement et un bon guide, l'aventure était possible.

La communauté montagnarde catalane s'était retrouvée au complet pour les obsèques d'Andres. C'est à cette occasion qu'Estéban, tout jeune guide, avait fait la connaissance de José-Angel. Le courant était tout de suite passé entre eux.

Course après course, ensemble, ils avaient construit le projet d'aller à l'Ama Dablam à leur tour. Une première expérience himalayenne pour chacun d'eux.

– Mierda y mierda !!

Sur ces mots, Estéban se calma enfin, et Araceli put poursuivre le récit, en français.

Son père lui avait fait part de sa frustration de n'avoir pas osé aller affronter les dieux. D'avoir renoncé au sommet alors qu'ils en étaient à quelques longueurs. Il était néanmoins heureux d'avoir su résister à l'insistance de José-Angel qui, grisé par l'altitude, était prêt, comme son frère, à braver une tempête qui leur eût été fatale. Les grosses avalanches qui avaient suivi leur retraite en étaient la preuve. À la suite de cette expédition, José-Angel mit un terme à sa quête de sommets. Il s'était consacré à la prospérité de ses affaires, tout en gardant pour Estéban une amitié indéfectible et une extrême gratitude de lui avoir permis de rendre hommage à son frère par cette tentative presque aboutie.

Regardant Louis avec insistance, Araceli se détourna d'Estéban, qui semblait s'être égaré dans la nostalgie de ce passé révolu. Elle lui dit :

– Tu sais, Louis, l'idée de retourner sur la voie de mes frères, mon papa, il trouve que c'est une très belle idée, et ça lui rappelle son histoire à lui. Mais il sait aussi que, s'il n'était pas allé avec lui, José-Angel serait mort à l'Ama Dablam. Alors, il aimerait bien qu'on réussisse quelque chose que lui, il a juste presque réussi. Il serait très fier. Mais il faut qu'on lui montre qu'on est vraiment capable. Il sait que tu as progressé, que tu es un bon grimpeur, mais il n'a pas encore assez confiance.

Lui adressant un franc sourire, elle annonça qu'il y avait autre chose. Que son père n'en avait pas parlé, mais qu'elle savait. Puis, elle invita sa mère à les rejoindre.

– Ma maman a connu mon papa à ce moment-là. Elle a toujours dit qu'elle était une bonne copine d'Andres. À l'époque, tout le monde pensait qu'elle était sa petite amie. La première fois que mon papa a vu maman, c'était à l'enterrement. Elle était toute seule, et elle pleurait beaucoup. Personne ne la connaissait. Après, elle est venue souvent voir la famille de José-Angel. Mon père la rencontrait là-bas. Il la draguait, mais elle ne se laissait pas faire. C'est au moment où il a décidé d'aller en Himalaya qu'elle s'est approchée de lui. Elle avait très peur pour eux, et, comme le disait José-Angel, elle avait surtout peur pour Estéban, parce qu'elle était tombée amoureuse. Pendant l'expé, il paraît qu'il ne parlait que d'elle. Dès le retour, ils sont sortis ensemble. Elle était sûrement sortie avec le grand frère de José-Angel, avant, mais elle ne l'a jamais dit à mon papa. Et lui, je crois qu'il ne lui a jamais posé de question.

Ni superstitieux, ni calotin, ni mystique, Louis ne croyait pas à l'intervention d'une quelconque souveraineté divine, qui se conclurait par l'allitération d'une situation passée. Nonobstant, avec humour, il risqua un parallèle évident.

– Alors, si on retourne sur le Grand Cerviso ensemble, l'idée, c'est qu'on n'aille pas au sommet et qu'au retour je me marie avec la copine d'un de tes frères. Ça, c'est pas gagné. Il faudrait déjà que j'arrive à faire leur connaissance !

– L'idée c'est plutôt de convaincre mon père qu'on est prêt pour y aller et de faire effectivement le sommet. C'est tout ! Après, ce sera autre chose.

– Et José-Angel, qu'est-ce qu'il est devenu ?

– Lui ? Ça fait au moins dix ans qu'on ne l'a pas vu. Il a pris sa retraite à Cuba, et je crois qu'il fait bien la fête là-bas. Il a invité souvent mes parents à y aller, mais ils n'ont jamais trouvé le temps.

VIII

Louis était désormais convaincu qu'Estéban accepterait, tôt ou tard, qu'il refasse la voie de ses deux fils avec sa fille. Son histoire d'Ama Dablam en était pour lui la preuve. Quant à ce qu'il en pensait, lui, l'idée d'y aller avec Araceli était plus que jamais ancrée dans ses neurones de monomaniaque convulsif. Cette idée, il la chérissait jour après jour. Il lui paraissait légitime que l'ultime alpiniste de la famille poursuive et parachève l'œuvre entreprise par ses aînés. Aussi, sans être capable de mettre des mots sur la relation qu'il avait maintenant avec la famille, il s'attachait à Araceli un peu plus chaque fois qu'ils s'encordaient. Il éprouvait beaucoup de plaisir à grimper avec elle. Un phénomène addictif s'était immiscé dans son exil.

Cependant, si Araceli passait beaucoup de son temps avec lui depuis le début de l'été, et s'il jubilait de sa tendre présence, elle prenait fréquemment la tangente. Elle partait faire la fête à Barcelone ou à Girona, il ne savait pas trop. Elle restait secrète sur ses escapades. Elle répondait souvent au téléphone, devant lui, ne se cachait pas pour rire, s'émouvoir, minauder. Et puis, elle disparaissait sans explication pour la soirée. Lui vivait mal la situation. Il se retrouvait seul, comme un anachorète, en tongs et bermuda, dans son gîte spartiate, tout en désordre, à suivre des émissions débiles de téléréalité espagnole sur un vieil écran pourri. Il mangeait alors n'importe quoi et se livrait, de dépit, à de frénétiques séances d'onanisme, qui l'apaisaient un moment. Il lui arrivait d'aller à l'auberge, retrouver les guenilles du village, mais c'était exaspérant parce qu'Estéban parlait tout le temps, occultant royalement le fait que Louis ne soit pas bilingue. Alors, il retournait dans son gîte pour tenter de retrouver un peu de calme. Elle lui paraissait loin, sa vie de jet-setter de compétition dans laquelle, après avoir dévalisé une boutique The Kopples, il pouvait boire des mojitos dans les bars à la mode, entouré de sa bande, jusqu'au matin. Fort heureusement, Girona et Barcelone n'étaient pas si éloignées, alors, de temps en temps, lorsqu'il avait connaissance d'une belle expo, il allait y faire un tour, en journée, sans traîner la nuit.

Ici, ses nuits en solo étaient interminables, et il fantasmait les soirées d'Araceli, dans les bras d'un bellâtre gominé ou d'un athlète tatoué. Il se remémorait leurs ascensions, au cours desquelles il adorait la voir s'élever sur les rochers, en tête. Il pensait à ses jambes bronzées, si bien dessinées, et à son petit cul, là, juste au-dessus de lui. Il se repassait le film de ses mouvements élégants sur la paroi. Il la trouvait furieusement bandante lorsqu'elle trouvait des appuis éloignés l'obligeant à écarter les jambes alors qu'il l'assurait du bas. Le comble était atteint lorsque, en nage après une journée d'escalade au soleil, avec un naturel inespéré, elle ôtait son débardeur et son soutif de sport pour passer un ample T-shirt immaculé. Louis se débrouillait pour lui faire face lors de cet exercice devenu rituel, et elle faisait fi du regard insistant qu'il portait à ses petits seins tout fermes. Pour sa part, convaincu de l'irrésistible attrait de son anatomie. Il dévoilait ses pectoraux avec ostentation aussi souvent qu'il était possible, mais Araceli restait de marbre.

À la fin de l'été, un soir où les poivrots du village étaient à l'auberge à l'heure de l'apéritif, Louis eut la surprise de constater que le plus imbibé d'entre eux était passé derrière le bar pour servir des tournées à ses compagnons. Estéban, Carmen et Araceli s'étaient isolés dans la cuisine en compagnie d'un jeune homme élégant, qui détonnait dans cette ambiance. Il les aperçut tous les quatre, agglutinés devant un écran d'ordinateur. Ils échangeaient avec passion, sans faire cas de l'arrivée de Louis. Il se fit discret et prit place à l'écart en attendant la fin de leur conversation. Il avait compris qu'ils étaient sur Skype, et que ce n'était pas le moment de déranger.

Vingt-cinq minutes plus tard, ils envoyèrent des bises et des gestes d'au revoir à l'écran et Araceli, l'apercevant enfin, s'adressa à Louis avec un grand sourire :

– Hola, je te présente Manu, mon frère de Barcelona. Il n'a pas beaucoup de temps pour venir nous voir, alors, quand on est tous ici, on appelle Paco en Amérique. C'est super parce que Paco, il va venir un mois cet hiver. On va tous se retrouver pour Noël.

Invité au repas de fête préparé par Carmen, Louis ne s'attarda pas, se contentant de quelques tapas et d'un verre de vin rouge. Il préféra laisser la famille célébrer ses retrouvailles.

De retour dans son gîte froid et austère, il songeait avec admiration à la belle harmonie qui régnait dans cette famille. Et il se demanda comment, lui, en était arrivé là avec son père. Pourquoi il lui en voulait autant. Il n'y pensait pas souvent, et n'en parlait presque jamais. Il s'était persuadé qu'ils étaient devenus des étrangers l'un pour l'autre. Il évacuait le sujet et s'agaçait chaque fois que quiconque voulait s'intéresser à sa famille. Julie en avait fait les frais à plusieurs reprises. Quant à Araceli, dès la première tentative, elle avait compris que le sujet était tabou et s'était abstenue d'insister.

Ce soir-là, celui qu'il qualifiait volontiers de « bourgeois adipeux, bouffeur de gras-double et trousseur de conne » se rappelait différemment à son souvenir. Le flash-back de sa destinée venait nourrir le spleen qui le tenait depuis qu'il avait quitté l'auberge.

Louis était le fils unique d'un notable Lyonnais, établi dans l'immobilier depuis plusieurs générations. Son avenir était tout tracé, dans la lignée de ses ascendants paternels et maternels. Mais la disparition prématurée de sa mère, lorsqu'il était ado, avait eu raison des velléités paternelles. Louis prit un autre chemin.

Il s'était mis dans la tête que Nathalie, sa mère, s'était laissée emporter par une « longue maladie » parce que sa vie avec Hubert avait effacé tous ses idéaux artistiques. Le choix de Louis pour un métier créatif, comme sa passion du street-art, lui devaient beaucoup.

Comme tout enfant, il avait observé la vie de ses parents d'un regard subjectif. Le sien était tranché. Il avait vu Nathalie traverser avec mélancolie une existence fadasse de femme au foyer nantie. Et passer à côté de ses rêves poétiques. Il s'était convaincu qu'elle ne s'offrait que rarement au rut de Hubert. Elle n'eut pas de deuxième maternité parce qu'elle ne l'aimait pas et qu'il ne l'aimait pas. Il interprétait l'atmosphère pesante qui régnait à la maison comme le fruit du total désintérêt d'Hubert pour sa famille. Il travaillait tout le temps. Louis ne le voyait presque pas.

Bien avant sa maladie, Nathalie avait fait de fréquents séjours « en clinique ». Hubert confiait alors Louis à la garde d'une nounou, Régine, une vieille fille à gros seins qui venait aussi quand sa mère restait de longues journées dans sa chambre. Il gardait cependant le souvenir voluptueux des bains qu'elle lui faisait prendre, insistant sur ses petites roubignolles lorsqu'elle le savonnait jusqu'à ce qu'un mystérieux petit bâton ne prenne place à l'intérieur de sa bistouquette.

Durant ces périodes, il n'avait pas le droit de voir Nathalie. Hubert refusait. Par méchanceté, pensait-il, et pour essayer de lui cacher qu'il était responsable des soins dont elle avait besoin.

Après la mort de Nathalie, Hubert ne tarda pas à refaire sa vie avec son assistante, Corinne. Cela n'étonna guère Louis qui la soupçonnait depuis longtemps de lui prodiguer, lors de cinq à sept furtifs, les gâteries que lui refusait Nathalie. L'arrivée à la maison de cette « connasse vénale » précipita Louis dans un projet de vie qui devait mettre une distance définitive entre lui et son père. Il ne supportait plus ses paradoxes et surtout, désormais, il pouvait s'en échapper. Il ressentait autant d'aversion pour le bourgeois catho empreint d'une componction caricaturale des mâles de son milieu, que pour le libertin machiste qui se faisait sucer en cachette sur le coin de son bureau d'acajou. Cette façon de faire le renvoyait à l'image de sa mère, douce et entière, qui n'avait pas su vivre pour elle, selon ses aspirations profondes. Il en éprouvait une peine immense et se sentait réellement orphelin.

Louis avait alors décidé de ne rien devoir d'autre à Hubert que la mise de fonds pour la création de son agence. Après-tout, ce n'était là, disait-il, qu'une « avance sur héritage », et c'était « toujours ça que cette cochonne de Corinne ne croûterait pas en menant grande vie ».

L'agence de Louis et de Fred, son associé, marchait plutôt pas mal. Et même s'il ne voulait rien devoir à son père, le fait d'être le « fils de » lui permettait d'accéder à des grands comptes d'industriels lyonnais, qui auraient sans cela été inatteignables, en dépit de son indéniable talent créatif. La caution sociale de son illustre géniteur, par ailleurs frère assidu de son obédience maçonnique, lui était bien utile.

Allongé sur son lit, un verre de Costers del Segre à la main, maîtrisant mal le spleen qui l'oppressait, Louis pensa appeler son père pour lui dire tout son ressentiment, pour lui demander ce qui avait cloché dans leur famille, alors qu'ici, autour d'Estéban, il régnait une belle symbiose, que le malheur n'avait pas altérée, loin de là. Il avait besoin d'une mise au point. Mais, il se rendit compte qu'il vivait au rythme de l'Espagne. À cette heure-ci,

Hubert dormait depuis longtemps et serait peu réceptif aux salves d'un fils dont il n'avait plus de nouvelles depuis longtemps. Il remit à plus tard cette confrontation, dont il ressentait une nécessité toute nouvelle.

CHAPITRE 3

AUTOMNE 2018
HIVER 2018-2019

I

Après huit mois de rééducation intensive, Rudy était remis de ses blessures. Enfin, presque. Ses muscles avaient fondu, son dos s'était raidi et sa carcasse s'était enrichie de quelques grammes d'acier inoxydable. Ses performances sportives ne seraient plus jamais ce qu'elles avaient été. Mais Rudy avait gagné en souplesse cérébrale ce qu'il avait perdu en souplesse dorsale. Il acceptait à présent son statut d'ex-futur-handicapé. Celui qui avait eu beaucoup de chance de s'en être sorti aussi bien. Son séjour chez les fracassés de Rocheplane lui avait appris l'humilité et la bienveillance. Quand il put s'extraire de son fauteuil roulant et remarcher, d'abord avec des béquilles, puis sans, il s'intéressa peu à peu à ceux qui y resteraient cloués toute leur vie.

Tiphaine assistait aux progrès réguliers de Rudy. Victime d'un accident en sortie de soirée, elle avait pris place à l'arrière d'une voiture dont le chauffeur était saoul ; elle avait survécu. Mais ses os étaient ressortis en miette, et sa moelle épinière avait été rompue entre L2 et L3. À la place du mort, son nouveau copain d'alors avait été tué sur le coup. Le chauffeur, indemne, était aujourd'hui totalement dépressif, naviguant entre l'univers carcéral et l'hôpital psychiatrique. Rongé par les remords de son inconséquence coupable et l'angoisse d'une existence gâchée, il avait fréquemment le souhait d'abréger sa vie.

Tiphaine avait surmonté le chagrin de la perte prématurée d'un être, qui aurait pu lui être cher si seulement elle avait eu le temps de mieux le connaître. Mais son ressentiment était intact vis-à-vis de l'abruti qui l'avait poussée à monter dans la voiture alors qu'elle et lui étaient éméchés. Douloureux souvenir de cette tournée des bars un soir de match. Douloureux constat d'une paraplégie qui ne lui permettrait plus de marcher tant que la science n'accomplirait pas des miracles. Elle avait appris à affronter le regard des autres. À faire la part des choses entre la méchanceté encore brute des enfants, la condescendance outrancière des balourds en mal de reconnaissance, l'hypocrisie ostentatoire des béni-oui-oui à l'attention éphémère qui tournait court, et l'authentique gentillesse de Rudy. Ils passaient beaucoup de temps ensemble. Il savait lui parler normalement. Il échafaudait des projets qu'ils pourraient réaliser ensemble. Lorsqu'elle évoquait une éventuelle difficulté liée à son handicap, il trouvait toujours une réponse simple et réaliste. Il affichait un optimisme et une bonne humeur communicative. Ils étaient bien ensemble, jouaient de l'autodérision, brocardaient le personnel de soin et se gaussaient de tout.

Lorsqu'il sortit définitivement de Rocheplane, il revint la voir chaque jour jusqu'à ce qu'elle sorte à son tour, quelques semaines plus tard. Elle devait rejoindre, la mort dans l'âme, la maison de ses parents dans une banlieue triste. Rudy était venu pour faciliter l'organisation du transfert.

– J'ai trop les boules d'être là, Rudy. J'ai passé six ans en coloc pendant mes études, et là, je me retrouve chez mes vieux parce que les copains ont rendu l'appart. Bon, de toute façon je n'aurais pas pu y retourner. Un quatrième étage sans ascenseur, ce serait un peu chaud, hein.

– T'en fais pas, c'est juste le temps de te retourner.

– Facile à dire, j'aimerais t'y voir. En plus, il faut que je reprenne mon internat. J'ai tout laissé en plan. Mes amis de médecine ont tous tracé. Je me retrouve comme une conne. Les trajets pour aller à l'hôpital et à la fac, ça va être galère. Il faut tout reprendre à zéro.

– Ho, cool, y'a rien qui presse pour reprendre tes études. D'abord, on va s'occuper de nous, je vais m'occuper de toi et tu vas t'occuper de moi. Et après, on verra.

Une tendresse réciproque s'était installée entre eux. Rudy pensait de moins en moins à Manon. Tiphaine ne gardait qu'un vague souvenir de ses ex, même du dernier, celui qui avait laissé sa peau dans l'accident.

Pendant quelque temps, Tiphaine resta chez ses parents. Ils étaient aux petits soins, mais ils l'agaçaient en s'adressant à elle comme à une demeurée, surjouant le rôle de géniteurs abattus. Ils invitaient des amis pour la distraire. Autant de personnages cafardeux, dont elle ne pouvait supporter la mine contrite et le propos lénitif. Elle avait besoin d'énergie positive. L'ambiance plombée qui régnait dans cette maison n'était aucunement propice au rebond tonique auquel elle aspirait. Heureusement, il y avait Rudy.

Constatant qu'elle s'étiolait entre les quatre murs du nid parental, il ne put laisser une telle situation s'éterniser. Il arriva un beau matin, triomphal, annonçant qu'il avait trouvé pile-poil ce qu'il fallait.

Il parlait de l'appart. « Un coup de pot grave. » Il venait de trouver « un trois-pièces en rez-de-jardin au top à deux pas, (ou deux tours de roue) de la fac. Nickel, tout neuf, avec des baies vitrées, tout meublé moderne. C'est un collègue du labo qui le libère la semaine prochaine parce qu'il rentre aux US ».

– Dès que c'est signé, je débarque avec des gros bras et on embarque tout ton bordel. Et toi avec !

– Ce n'est pas un peu court ?

– À toi de voir, ma Tiphaine ; mais moi, j'ai envie d'habiter avec toi.

– Moi aussi, Rudy, mais je ne suis pas sûre que tu aies bien compris à quoi tu t'exposes. Dans mon état, tout va être si compliqué.

– Oui, je sais. Je suis passé par là. J'ai tout prévu. Tu te vois rester chez tes vieux tout engourdis ? Ils te tirent vers le bas, Tiphaine. Tu te vois manger la soupe, tous les soirs, entre eux et ton frère qui ne sait parler que de foot quand il est là ?

– Tu as raison. Je déménage quand ?

– Je trouve une camionnette, je récupère deux-trois potes, et on arrive !

Tiphaine n'en revint pas. Rudy avait en effet tout prévu, tout bricolé. La disposition des meubles facilitait une circulation fluide en fauteuil, la douche à l'italienne disposait d'un tabouret en plastique pour des ablutions efficaces en position assise, les chiottes disposaient de rampes métalliques permettant de passer du fauteuil à la cuvette à la seule force des bras. Elle arriva aux chambres… aïe ! C'est là que le bât blessait. Grave. La première, assez vaste, meublée avec élégance et sobriété, faisait place à un lit conjugal large et d'apparence confortable. La deuxième, plus petite n'offrait qu'un lit une place muni d'une potence.

– C'est quoi, ce foutage de gueule, Rudy ? s'écria Tiphaine, hors d'elle. Sa colère accentuait la beauté de ses traits. Ses yeux verts semblaient lancer des éclairs sur Rudy, qui restait prostré, comme électrocuté. Ne sachant ce qui lui arrivait. Elle secouait sa longue chevelure avec véhémence et sa poitrine faisait le yoyo sous son débardeur.

– Ben, quoi ? Laissa tomber Rudy.

– Ben, quoi… tu n'as rien d'autre à dire ? Alors, je ne vais pas y aller par quatre chemins. Tu te réserves la grande chambre, avec le grand lit. Comme ça, tu pourras sauter toutes les pétasses de ton labo pendant que moi, je les écouterai couiner à travers la cloison.

Non, mais, qu'est-ce que tu crois? Tu penses que je n'ai pas envie de plans cul, moi aussi?

– Je suis désolé, le grand lit, c'est celui que j'ai rapporté de mon ancien appart. Et l'autre, il était déjà là, dans la chambre, alors...

– Alors, t'as qu'à y aller, toi, dans la petite chambre avec le petit lit. C'est facile, il suffit de transporter la potence dans l'autre. Et c'est moi qui ferai l'amour pendant que tu te toucheras dans ton coin. Et je te jure que je ne ferai pas dans la discrétion.

– Comment ça? Je pensais... c'est difficile à dire... avec ton souci de... enfin, je savais pas.

– Arrête, ça va, j'ai compris. Tu crois que, parce que je suis en fauteuil, je ne peux plus avoir de vie sexuelle. Eh bien, je te rassure. J'ai encore des ressources. Pendant tout le temps que j'ai passé à Rocheplane, j'ai eu le temps de me poser la question, figure-toi, de voir des ergothérapeutes, des sexologues, toutes sortes de spécialistes. Le principe de transfert érogène, tu connais? Ce n'est pas si compliqué. Je peux même te dire que j'ai fait des travaux pratiques avec un brancardier. Au début c'était pas terrible, mais, vite, j'ai eu du plaisir. C'est une éducation à faire, mais on apprend plein de nouveaux trucs pas mal du tout. J'ai eu une relation avec un beau mec en fauteuil qui me suçait les seins comme personne. Hum... C'était bon. Alors ici, pas question de faire abstinence. Tu vas bien te mettre ça dans le crâne. Je m'en fous si je passe pour une salope à roulettes. Contrairement à toi, vois-tu, y'a eu des gens qui se sont intéressés à mon corps. Je ne peux plus marcher, mais pour le reste, tout va bien.

– Excuse-moi, Tiphaine. Comme on n'en a jamais parlé, je n'ai carrément pas osé aborder le sujet.

– Ben, voyons. Fais-moi croire que ça ne t'a pas traversé l'esprit. Tu joues les pucelles qui se donnent bonne conscience en s'occupant des handicapés. Franchement, t'es pathétique, là. Et ta bonne conscience, tu peux te la garder, elle sent la mauvaise foi à plein nez. Quand tu me reluques les seins en douce, je vois bien qu'il n'y a pas que l'invalidité de mes jambes qui t'intéresse. Et toi, au fait, tu en es où, côté sexe ?

– Oh là là ! Ça date d'avant mon accident. Bien avant, même. C'était avec Manon. Après, je suis passé à autre chose. Je me suis lancé à fond dans la montagne.

– En fait, tu voulais l'épater.

– Sûrement. Et après, j'ai mis du temps à rebander. J'étais plus occupé à me reconstruire qu'à séduire. En fait, je ne me suis pas intéressé aux filles, jusqu'à toi…

– Moi que tu veux coller dans une chambre de gosse. Moi, j'ai envie de vivre normalement. Et comme tu me plais bien, et comme j'ai laissé tous mes tabous dans la voiture avec laquelle on s'est planté, je vais m'installer dans la grande chambre. Et toi, tu fais comme tu veux, mais tu es le bienvenu avec moi, my sweet.

Rudy, sans se l'avouer, s'occupait de Tiphaine parce qu'il en était amoureux. Il adorait son tempérament de battante et son charisme. Elle avait été, à elle seule, sa raison d'accepter, voire d'apprécier son long séjour en rééducation. Elle était d'une beauté sculpturale et attirante. Et il n'avait pas compris ce que ce stupide brancardier traficotait avec elle dès que le personnel soignant avait le dos tourné. Il le trouvait un peu trop souvent dans ses pattes quand il allait la voir. Ah, le félon !

Rudy ne se fit pas prier. Ce premier jour de cohabitation fut l'occasion d'ébats inédits. Il assimila très vite le sens du terme « transfert érogène ». D'ordinaire peu inspiré par la bagatelle, il se découvrit une créativité joyeuse, épanouie par l'exceptionnelle dextérité de Tiphaine. Ses seins fermes et volumineux aux mamelons érectiles étaient somptueux. Rudy vivait une extase proche de l'apothéose, qui éveillait chez lui des fonctions jusqu'alors léthargiques. Il fit rapidement montre d'expertise, et Tiphaine atteignit des orgasmes qui laissaient loin derrière le brancardier. L'immense affection qu'ils avaient l'un pour l'autre apportait cette dimension indispensable à la plénitude de leurs rapports. Ils s'aimaient.

II

Louis se réveilla barbouillé par le vin espagnol, dont il avait vidé la bouteille pour oublier ses tourments. Il se souvint qu'il avait prévu d'appeler son père. Il redoutait cette confrontation, mais il était bien décidé à le cuisiner pour savoir de quoi avait souffert sa mère. Il était surtout décidé à lui jeter à la figure tous les griefs qu'il lui attribuait depuis si longtemps, mais qui n'avaient jamais franchi les frontières du non-dit. Ce matin, il était décidé à libérer toute l'acrimonie si profondément enfouie. Elle était enfin prête à s'exprimer. Son séjour en Aragon lui avait permis de prendre de la distance. Il en avait besoin pour affronter Hubert, dont la stature imposante l'impressionnait lorsqu'il était en sa présence.

Au moment de se lancer, il constata qu'il n'avait pas son numéro de portable. Seulement celui du domicile et celui du bureau. Dans les deux cas, il était certain de tomber sur cette « conne de Corinne ». Tant pis. Il allait franchir l'obstacle le plus élégamment possible. Il avait un peu perdu la notion des jours ouvrés et des jours fériés mais comme c'était dimanche matin, il tenta le domicile.

– Hubert à l'appareil, je vous écoute.

Louis reconnut bien son éminent géniteur qui pontifiait au lieu de dire « allo », comme tout le monde. Il l'imaginait, ses rares cheveux tirés en arrière, ses lunettes d'écaille, son éternelle veste d'intérieur bordeaux, qui boudinait son gros abdomen, et ses mules de cuir pleine fleur. Tout l'attirail du parfait notable pantouflard.

– Salut, c'est Louis.

– Bonjour, mon fils, tu m'appelles enfin… tout se passe bien en Espagne ?

– Tu sais que je suis en Espagne ?

– Oui, je prends régulièrement de tes nouvelles auprès de Fred. Toi, on ne peut pas dire que tu lui en donnes beaucoup. Enfin, l'important est que tu ailles bien. Ton appel me fait plaisir.

– Parce que tu t'intéresses à moi, maintenant ?

– Maintenant ? Comme toujours, Louis.

Cette affirmation surprenante eut raison de la vindicte de Louis, qui renonça à interpeller immédiatement son père sur son égoïsme, sur la manière qu'il avait eue de les traiter avec mépris, sa mère et lui, sur sa liaison avec Corinne la salope, sur ses magouilles avec ses frères de loge. Il resta pantois, laissant Hubert s'exprimer calmement.

– Je crois que c'est le moment de se dire des choses. Même si ce serait mieux de le faire de vive voix. On le fera si tu décides un jour de venir me voir. Alors, avant de raccrocher, saches que ta mère et toi êtes les deux personnes au monde qui ont le plus compté pour moi. Tu dois savoir aussi que j'ai tout fait pour te préserver. Ce que tu as pris pour de l'indifférence n'en était pas. C'est tout le contraire. Je me suis résigné à ton incompréhension, et tu finiras par accepter que c'était pour ton bien. Depuis des années, je cherche à te le dire. Au début, tu étais trop jeune. Ensuite, tu as fui chaque fois que tu sentais que j'allais te parler.

Il n'avait pas tort. Pris de court, abasourdi, Louis n'eut pas la présence d'esprit de lui demander des nouvelles de la cochonne. Il eut tout juste le ressort de lui dire qu'il irait le voir bientôt. Sitôt après avoir lâché son portable, il s'interrogea sur les secrets qui avaient tant pourri leur vie de famille. Il se promit d'aller à Lyon pour en savoir davantage.

En attendant, il prit le parti de rester concentré sur sa grande entreprise.

Tout l'automne, resté au village, il continua de grimper, souvent avec des alpinistes de passage à l'auberge. Estéban ne ratait pas une occasion de lui présenter de possibles compagnons de cordée. Il grimpait aussi avec Araceli quand elle était là. De temps en temps, Estéban les accompagnait sur de petites voies faciles, pour « estirar los brazos y las piernas » selon ses termes. Mais Louis savait bien que ce n'était là qu'un prétexte pour tester leur cordée.

CHAPITRE 4

PRINTEMPS-ÉTÉ 2019

I

Rudy s'était remis à la montagne. Mais, ce qu'il ne pouvait plus faire à fond pour lui, il le faisait à présent avec passion pour Tiphaine. Il l'avait suivie lorsqu'elle avait décidé de créer l'association « Tiph'aussi ». Son sujet était de promouvoir la pratique des sports outdoor auprès de « personnes en situation de handicap », selon le terme politiquement correct utilisé par les personnes en situation de bien-pensance. Ils avaient trouvé ensemble son nom, espérant y associer de nombreux « Tifosi ». L'idée était de permettre aux valides et aux gens en fauteuil d'aller se balader ensemble autour de Grenoble en VTT et FTT, sur des pistes bien roulantes. Tiphaine s'était donnée un peu de temps avant de reprendre ses études, se consacrant en priorité à sa forme physique et mentale. Elle s'était offert un vélo à bras qu'elle pilotait avec maestria.

Ils caressaient ensemble le projet ambitieux de grimper sur un sommet de plus de 3 000 mètres avant la fin de l'été.

Pendant le printemps, ils passèrent beaucoup de temps sur les réseaux sociaux, et réussirent à recruter une quinzaine de personnes pour l'association. Celle-ci, très présente sur Instagram et

Linkedin, un peu aussi sur Facebook et Twitter, avait été au départ constituée – Juju en tête – des ex-compagnons de cordée de Rudy ; souvent ingénieurs, tous geeks. Si, au début, ils s'étaient un peu fait forcer la main, beaucoup se rapprochèrent de ce couple singulier. Tiphaine était fabuleusement positive et incarnait la joie de vivre. Rudy, depuis son accident, était devenu zen, altruiste et, selon le mot juste de Juju, « beaucoup moins con ». L'association gagnait des adhérents de jour en jour. Il était rassurant de voir s'introduire, fût-ce à dose homéopathique, une pratique d'entraide dans un cursus de CSP dominé par l'égotisme.

II

Après sa saison au refuge de la Vallée perdue, Manon n'était pas très encline à reprendre du service chez Creart'Com, même si son boss lui avait fait quelques appels du pied. Elle avait goûté à une expérience d'autonomie, certes rude, mais qui lui avait ouvert de nouvelles perspectives. Elle aspirait maintenant à un choix de vie plus en accord avec ce qu'elle nommait « ses valeurs », paraphrasant ainsi les idéologues montagneux qu'elle avait reçus durant la saison. La récurrence de leurs stéréotypes avait fini par déteindre sur elle.

Prête à retenter une aventure de même type, elle envoya un mail au président de la fédération. Elle lui faisait savoir qu'elle se porterait volontiers candidate à une nouvelle saison en refuge à partir de l'été suivant. Elle exprima cependant une condition : officier dans un établissement moins isolé et plus moderne, qui lui garantirait un peu de confort et d'intimité.

Les adhérents de la fédé qui étaient passés par le refuge de la Vallée perdue avaient fait à la hiérarchie des retours-clients exprimant toute leur satisfaction sur la qualité de l'accueil offert par Manon, tant du point de vue de l'hygiène que de la gastronomie.

Pour sa part, l'universitaire à la polaire douteuse avait rédigé, à l'attention du président, un courrier aussi élogieux qu'ampoulé dont la mauvaise foi, mue par une affection encore brûlante pour elle, frisait le ridicule. Bien entendu, pour apporter un peu de crédibilité à sa missive protocolaire, écrite au clavier, il avait ajouté au stylo un « Cher Nico » au début et un « Bien à toi » à la fin. Mais peu importait la méthode, peu importait le piston. Manon allait recevoir, au cours de l'hiver, une proposition bien plus enthousiasmante que tout ce qu'elle pouvait imaginer.

Dans le massif du Grand Cerviso, le refuge d'En-Haut, devenu totalement insalubre, avait finalement été détruit et remplacé par un bâtiment à ossature bois, tout moderne, HQE, énergétiquement autonome. La construction devait se terminer à la fin du printemps. Il devait être opérationnel à la nouvelle saison d'été. Alors, puisque la fédé avait profité de cette rénovation complète pour mettre en retraite anticipée la gardienne, dont tous les clients se plaignaient, et qui empoisonnait l'institution depuis des lustres, la place était à prendre. Et Manon se le vit proposer.

Une telle offre ne se refusant pas, Manon signa rondement le contrat de concession. Et voilà, elle avait maintenant quatre mois devant elle avant de démarrer. Elle les mit à profit pour changer d'hémisphère et partit d'abord huit semaines en Patagonie pour un road trip dont elle ramena un magnifique carnet de voyage. Elle fit ensuite quelques piges pour des agences, histoire de ne pas perdre totalement la main, au cas où elle déciderait un jour de rempiler dans le graphisme ou la communication.

Durant ces mois, elle se rendit compte que Rudy avait quitté son univers familier. Elle était en contact avec lui de temps à autre quand il était à Rocheplane. Elle avait pu constater avec plaisir qu'il se remettait vite et bien de ses traumatismes. Au début, c'est lui qui l'appelait pour donner des nouvelles. Et puis, les coups de fil s'étaient espacés. Et puis, ils s'étaient taris. Elle avait appris par la bande qu'il reprenait la montagne, mais pas comme avant. Ses moyens physiques ne lui permettaient plus de rivaliser avec Juju et les autres. Il avait tourné cette page. Elle avait appris qu'il s'occupait pas mal d'une association « Sport et handicap ». Elle n'était pas particulièrement étonnée qu'il s'intéressât aux autres. Au fond, elle l'en savait capable. La nouvelle copine de Juju, qu'elle avait croisée un jour, disait de lui, maîtrisant parfaitement la langue catho cucul qui était la sienne, que c'était devenu une « belle personne ». Elle l'avait même informée qu'il cohabitait maintenant avec une fille en fauteuil.

III

Les tifosi de l'association cherchèrent un sommet pas trop technique, permettant de faire rouler un fauteuil sur le bas, et de le faire glisser sur le haut. Rudy, fort de ses études d'ingénieur et de son esprit créatif, venait de concevoir et réaliser un engin hybride qui permettait, avec un système de verrouillage et déverrouillage rapide, d'y installer des roues ou des patins allongés, de sorte qu'il pouvait circuler sur les sentiers et les glaciers. Si cette trouvaille hétéroclite s'avérait efficace, il n'excluait pas de la faire breveter.

À l'issue de quelques essais assez concluants sur des terrains variés, Tiphaine et Rudy, accompagnés d'une quinzaine de volontaires, mirent à profit la canicule du mois d'août pour finaliser un projet d'ascension. Ce serait la voie normale du Grand Cerviso. Rudy connaissait ce sommet assez peu fréquenté des Alpes du Nord. Il en avait fait l'ascension, à ski, quelques années plus tôt, avec Manon. La voie normale présentait l'intérêt d'être accessible par des sentiers assez larges jusqu'à l'approche du glacier. Il avait eu connaissance qu'un refuge tout neuf avait remplacé le demi-tonneau, mais la troupe n'avait pas prévu de s'y arrêter, lui préférant des bivouacs libres qui permettaient de multiplier les étapes. Le hissage du matériel et du fauteuil n'étant pas de tout repos, mieux valait limiter les contraintes, parmi lesquelles la réservation d'un refuge pour une armée mexicaine.

IV

Manon était fin prête.

Elle participa à la mise en route du refuge avec toute une délégation d'huiles locales et de notables fédéraux. Une visite guidée, organisée par le maître d'œuvre, avait mis l'accent sur toute une batterie d'innovations technologiques, améliorant notamment l'isolation et les performances énergétiques de l'édifice. Un dispositif de tri sélectif permettait une gestion optimisée des déchets. L'installation de quatre toilettes sèches, en remplacement de l'atroce cabane au fond du jardin, venait limiter bien à propos le lancer de cacas dans la nature et la propagation de coliformes fécaux dans le ruisseau en contrebas. Par bonheur, abondamment filtrées par la moraine, les productions de leurs congénères n'avaient jamais trop affecté la santé des randonneurs venus remplir leur camelback. Mais tout de même… Manon était convaincue que le compostage de matières boisées, mêlant senteurs d'étrons et troncs, c'était, comme elle se plaisait à le dire, « plus de boulot mais bien plus écolo ».

Le petit Népalais, habitué du vieux refuge et des brimades de l'ancienne mégère, remonta faire la saison avec Manon. Deux autres personnes s'avéraient nécessaires pour assurer le renfort de l'été. Alors, elle recruta, pour la plonge et le ménage, un nigaud de la vallée recommandé par le maire du village, et elle fit appel à Julie qui terminait son année scolaire. Toutes deux s'étaient souvent revues le week-end. Elles étaient devenues proches. Julie était heureuse de cette proposition de passer deux mois en montagne avec Manon, même si le refuge d'En-Haut lui laissait le souvenir amer de sa relation avec Louis, qui avait mal tourné, et le souvenir douloureux de la disparition des deux frères catalans.

Dans un environnement neuf et confortable, Julie passa avec Manon une saison magnifique. Son copain du moment, un guide haut-alpin, montait de temps en temps, juste ce qu'il fallait, tantôt avec des clients et tantôt seul. Elle ne lui vouait pas une passion débordante, car il manquait singulièrement de conversation et ramenait beaucoup sa science, en dépit d'une indigence intellectuelle qui irritait Manon, surtout lorsqu'il s'immisçait dans leurs conversations de copines. Julie lui reconnaissait toutefois l'avantage estimable de son soutien pour faire quelques courses dans le secteur lors de ses congés. Pour le reste, elle ne souhaitait pas qu'il l'encombrât trop, et avait déjà programmé que leur liaison n'allait pas survivre à l'été.

C'est en fait avec Manon qu'elle se sentait bien. Leur complicité se faisait tendresse parfois. Julie avait beaucoup de difficulté à garder pour elle ses émotions. Manon devinait toujours ses tracas et se voulait protectrice. Alors, elle la prenait dans ses bras et la serrait très fort, en lui glissant à l'oreille des mots réconfortants. Julie se troublait de ses étreintes et se laissait faire. Un jour où tous les clients du refuge étaient partis, Manon entreprit de faire ses ablutions dans l'eau fraîche de la rivière en contrebas. Poussée par un indicible désir, Julie la rejoignit et elles se lavèrent mutuellement, presque en silence. La toilette dura longtemps. Elles ne parlèrent que pour exprimer tout le bien qu'elles pensaient l'une de l'autre. Physiquement surtout.

Ce fut la seule fois qu'une relation trouble s'installait entre les deux amies. Elles reprirent le cours de leurs vies, s'étreignant toujours tendrement parfois mais sans aller plus loin. Cette expérience de volupté entre filles semblait les avoir comblées sans qu'il fût nécessaire de la réitérer, chacune aimant beaucoup jouir dans les bras d'un homme.

De retour au refuge elles surprirent le sourire niais du nigaud qui, selon toute vraisemblance, n'avait pas perdu une miette de leur toilette dans la rivière.

De toute la saison, Julie évita de gravir le Grand Cerviso. Le drame qui s'y était joué la hantait encore et la montagne lui rappelait trop Louis. Il lui avait fait savoir, lors d'une conversation téléphonique furtive, qu'il avait réintégré son camp de base de Lyon, où il faisait cohabiter sa vie originelle de jet-setter et sa nouvelle activité de grimpeur vagabond. Pour la première fois, il lui avait parlé de son père.

V

Au faîte de sa forme et déterminé comme jamais, Louis mit tout son matériel d'alpinisme dans le van et prit la route de Grenoble, où il devait récupérer Araceli à la gare. Il ne l'avait pas revue depuis qu'il était rentré à Lyon. Avant de se quitter, à l'automne, ils avaient passé toute une semaine au village, le temps de recueillir l'ultime imprimatur d'Estéban pour l'ascension de la face nord du Grand Cerviso par la voie de Luis et Alejandro. Ensuite, chacun avait suivi son chemin. Araceli avait rejoint Barcelone, pour reprendre ses activités universitaires, sans oublier de grimper le week-end. Louis avait repris sa vie lyonnaise, plutôt oisive et déjantée, fréquentant un peu moins les bars et un peu plus les expos et les musées. Il s'échappait fréquemment de la ville pour aller se confronter à de grosses montagnes sur le fil de l'Arc Alpin, lorsque l'envie le prenait et lorsqu'il trouvait des compagnons de cordée. Encore fallait-il qu'ils acceptent de dormir dehors. Son aversion aux refuges restait irrationnelle et maladive.

Il ne ramenait jamais ni selfies, ni fierté de ses ascensions. D'autres s'en seraient glorifiés. Lui s'en moquait éperdument. Un seul objectif comptait – la face nord du Grand Cerviso – et il y était presque. Il avait fini par intégrer que son entreprise de séduction d'Araceli n'allait nulle part. C'était un jeu auquel il ne croyait plus. Elle ne lui avait laissé aucune ouverture, mais il avait appris à apprécier la tendresse qu'elle lui témoignait sans ambiguïté quand elle l'appelait « mi querido hermano ». L'abstinence à laquelle il avait dû faire face pendant son long séjour ibérique fut largement compensée à son retour par les faveurs que lui accordaient quelques Lyonnaises mondaines, auprès desquelles il s'abandonnait les soirs d'ivresse. Son séjour sur ses terres ancestrales lui permit de se rapprocher d'Hubert, avec qui il put enfin avoir de franches et claires explications sur le naufrage de leur vie de famille.

Hubert avait usé de tous les subterfuges pour cacher à Louis la sinistre réalité. Nathalie, sa mère, était alcoolique. Elle l'avait toujours été. Hubert s'en voulait d'avoir été incapable de l'en sortir. Au contraire, année après année, son état empirait. Elle avait fini par devenir invivable, et pourtant il l'aimait, et ne l'avait pas abandonnée. S'il interdisait formellement à Louis de pénétrer dans sa chambre, quitte à en verrouiller l'accès, ce n'était pas pour les punir, ni le priver de complicité avec sa maman. C'était pour lui cacher cette déchéance progressive, qui se manifestait par des crises délirantes de plus en plus rapprochées. Si, à chaque fois qu'il devait s'absenter, ce qui était rare, il se débrouillait pour que Régine aux gros seins ou une amie de la famille vienne à la maison, c'était pour éviter que Nathalie ne se montrât à Louis complètement cuite. Sur ce plan, au moins, il avait bien réussi. Louis ne s'était jamais rendu compte de rien. Encore que… en y réfléchissant bien, il se souvenait que sa mère était parfois un peu incohérente. C'est pour cette raison, comprenait-il maintenant, qu'il avait été envoyé en pension chez les jésuites suivre jusqu'au bac l'ensemble de sa scolarité du secondaire. Cette scolarité fut complétée par un bachelor acquis à l'issue d'un cursus américain de deux ans qui l'avait à nouveau éloigné de sa maman. C'est encore pour la même raison qu'Hubert avait si facilement accepté qu'il occupe seul un appartement de la presqu'île pour ses études supérieures de management.

Louis ne résista pas à la tentation de demander à son père de quand datait sa relation avec Corinne.

– Cette salope ? Ou cette cochonne de Corinne ? Comme tu l'appelles, lui répondit Hubert, avec un brin d'humour, pour bien lui montrer qu'il n'ignorait rien de son opinion sur sa compagne. Eh bien, figure-toi qu'il ne s'est rien passé entre nous avant la mort de maman, ou si peu. Quoi que tu en penses, et même si elle était très présente dans les derniers temps. Sans elle, je ne crois pas que j'aurais tenu le coup. Sans compter que toi, tu étais absolument détestable à ce moment-là. Si tu savais tous les efforts que j'ai faits pour ne pas intervenir lorsque tu t'adressais à elle avec cette grivoiserie inconcevable que tu te permettais. Enfin, je pense qu'il est temps que tu saches tout cela avant de repartir. Allez, en attendant, on va boire une petite coupe de champagne. J'en bois peu, comme tu sais, et seulement pour les grandes occasions. Maintenant, tu comprendras mieux ton penchant pour la picole, avec un père si résolument sobre.

Cette confrontation apaisa Louis, qui ne se fit pas prier pour vider la bouteille de Ruinart, pendant qu'Hubert se contentait d'une seule coupe. Il convenait, en effet, de célébrer dignement ces singulières retrouvailles. Ce fut pour Louis l'occasion de tester l'honnêteté de son digne géniteur, et de vérifier que cet accès de bienveillance n'était pas un leurre destiné à convaincre son fils d'assurer sa succession lorsqu'il se retirerait de son business immobilier. Lorsqu'il aborda le sujet, la réponse fut claire.

– Tu ressembles beaucoup à ta mère, sais-tu ? Elle a toujours refusé de s'investir dans les agences. Tu penses bien que je ne comptais pas trop sur toi pour reprendre mes affaires, et toutes les emmerdes qui vont avec. Ne t'inquiète pas, comme tu le sais, j'ai des relations et des amis très chers qui ont le sens de l'entraide. J'ai tout anticipé. J'ai déjà vendu la quasi-totalité de mes parts et j'ai une promesse de rachat pour ce qui reste. Tu peux dormir tranquille, avec la certitude d'un héritage rondelet.

Le lendemain, après que son père lui ait exprimé qu'il était fier de lui, Louis prenait la route pour les Alpes.

Il fut heureux de retrouver Areceli. Elle n'avait pas changé, toujours aussi rayonnante. Son petit minois, si expressif, provoquait toujours un peu d'émotion chez Louis qui, arborant maintenant barbe et cheveux longs, avait adopté un look qui n'était pas sans rappeler celui des hermanos.

– Eres hermosa, te queda bien, lui dit-elle sur le quai de la gare.

Après quelques heures de route et une nuit dans le van, garé sur le parking, à côté de deux Ducato Rent A Car immatriculés dans l'Isère, ils se dirigèrent vers le bas de la face, pour bivouaquer et être à pied d'œuvre dès le lendemain matin. À l'approche du refuge, Araceli proposa de faire une petite halte pour boire un verre. Louis refusa catégoriquement.

– Pas le goût de donner des sous à cette crazy connasse de gardienne.

– Peut-être que c'est une connasse, comme tu dis, mais moi, j'ai envie de m'arrêter un peu.

– Alors, tu y vas, mais pas moi. Je t'attends près du ruisseau. Je ne fous pas les pieds dans ce gourbi.

– Pourquoi tu appelles ça un gourbi. Tu as vu ? Il est tout neuf, le refuge !

– Ah ouais, c'est vrai. C'est pas une raison. J'ai pas envie de voir tous ces blaireaux qui font sécher leurs chaussettes. Vas-y sans moi, et surtout, ne donne pas le bonjour à la grosse mégère, ni au nabot qui lui sert de mari.

– OK. Je te ramène un truc à boire ?

– Ouais, une petite bière, s'il te plaît.

Au refuge, qu'elle trouva magnifique, Araceli se dirigea vers le bar où Julie terminait son service, et elle lui commanda deux cannettes. Elles échangèrent quelques mots sur la belle météo du moment. Araceli prévint qu'elle allait au Grand Cerviso, sans préciser l'itinéraire, et qu'elle allait bivouaquer parce que le copain avec qui elle était n'aimait pas trop la promiscuité des refuges. Il était un peu sauvage.

Au bord de la rivière, ils burent leur bière en contemplant la face. Chacun semblait recueilli, dans son monde, hanté par le souvenir de Luis et Alejandro, et préoccupé par l'ambition du projet d'ascension. Araceli rompit le silence qui s'était établi et dit :

– Il est super, le nouveau refuge, il sent le bois neuf. Je n'ai pas vu le refuge d'hiver. Tout a été démoli, je pense. Et la gardienne, elle ne ressemble pas à la mégère dont tu m'as parlé. Elle est jeune et belle. Je suis sûre qu'elle te plairait.

Alors qu'ils faisaient durer un peu la pause, ils aperçurent, assez loin sur l'accès à la voie normale, un original convoi d'une quinzaine de personnes qui tractaient et poussaient une drôle de chariote à grandes roues.

Avant de reprendre le chemin de la face nord, Louis fit l'effort de ramener les cannettes vides dans les containers à l'arrière du refuge, se gardant bien de se mêler aux randonneurs en caleçon qui se prélassaient sur la terrasse.

À travers la vitre embuée de la cuisine, Julie, les mains dans la pâte à pain qu'elle pétrissait avec vigueur, aperçut la silhouette d'un grand type aux cheveux longs dont la nonchalance ne lui était pas étrangère.

VI

Le jour venait juste de se lever. La plupart des cordées était déjà partie sur les sommets alentours. Après la canicule du mois d'août, après les orages de ces derniers soirs, un temps clément et sec s'installait sur la montagne.

Au refuge, un guide, qui allait reconduire ses clients vers la vallée, s'attardait à la table du petit-déjeuner. Il se leva, prit ses jumelles, et scruta les cordées qui venaient de s'élancer sur le Grand Cerviso. Très haut sur la voie normale, à l'ouest, sur le glacier, il aperçut un attroupement inhabituel. Curieux, distinguant mal la scène, il s'enquit d'une longue-vue auprès d'un de ses clients, passionné par l'observation stellaire. Pointant l'objectif en direction du groupe, il perçut clairement une quinzaine de personnes, progressant lentement en direction du sommet, tractant une sorte de luge avec des cordes.

– C'est quoi, ce bordel ? S'exclama-t-il en tendant la longue-vue à Manon, qui passait par là.

– J'en sais rien, répondit-elle. On dirait qu'ils emmènent un handicapé au sommet. Bizarre, ils ne sont pas passés par le refuge.

– Redonne-moi la lunette. Ça a l'air chaud. Ils sont chargés comme des mulets. Ils ont dû poser un paquet de camps avant d'arriver là. Mais ils tiennent le bon bout. À ce rythme, ils devraient arriver au sommet dans la journée.

Reprenant une tasse de café, il ne résista pas à observer la face nord, qui s'imposait juste devant lui. Il la connaissait un peu pour y avoir fait une des seules voies équipées, sur le pilier droit, dans un rocher un peu pourri. De nombreuses lignes restaient à ouvrir, plus dures, plus raides. Il y pensait de temps à autre.

– Putain, y'a une cordée dans la voie des Espingouins !! s'écria-t-il, l'œil collé à l'oculaire de la lunette. Ils sont vachement haut.

– J'y crois pas ! Ils sont au-dessus du dièdre. Ils ont passé au moins une nuit en paroi, peut-être deux. Ils vont sortir avant ce soir, c'est sûr ! Putain, mais c'est qui ? Putain, tu sais qui c'est, Manon ?

– Ben non, personne n'a déclaré cette course, ni avant-hier soir, ni plus tôt. Si ça se trouve, ils ne sont pas passés par le refuge.

Julie, qui venait d'émerger de la terrasse, après sa petite séance quotidienne de flûte Piccolo, surprit la conversation et y prit part.

– Je les ai rencontrés, les Espingouins, comme tu dis, il y a deux ans, dans l'ancien refuge d'hiver. On a passé la soirée ensemble avant leur tentative. Leur accident a fait beaucoup de bruit. J'étais avec mon copain Louis. Et lui, ça lui a complètement chamboulé la tête. Mais, j'y pense maintenant, il y a trois jours, j'ai discuté avec une petite nana qui était venue me prendre deux bières. Elle avait un accent espagnol. Je me demande si ce ne serait pas elle, dans la face. Mais avec qui ? Dis, Manon, il est tôt, on n'a que deux résas pour ce soir. Ça te dirait de laisser Babu Lal se débrouiller avec le refuge et de monter avec moi au sommet pour retrouver tout ce petit monde ? On sera de retour avant le service du soir.

Manon ne se fit pas prier. De toute la saison, elle n'avait pas trouvé l'occasion de se dégourdir les jambes sur cette foutue montagne qui lui tendait les bras. Alors, ni une ni deux, elles préparèrent leur matériel à la hâte et entreprirent l'ascension débonnaire de la voie normale.

VII

Le topo qu'Araceli avait trouvé dans les affaires de Luis était clair, et la ligne évidente. Ils n'eurent pas de difficulté à trouver le départ au pied de la face. Ils s'y installèrent pour une très courte nuit. Après avoir dégusté un excellent tajine et une crème dessert MX3 Extrem lyophilisés, ils se sont glissés à deux dans un duvet XXL. Le choix de ce mode de couchage, destiné à gagner du poids, était a priori une bonne idée, mais, à l'usage, il avait nui à la qualité de leur nuit. Louis, malgré lui, n'était pas parvenu à maîtriser la fulgurance de quelques érections sporadiques. Serrée contre lui, Araceli, percevant cet émoi, n'avait pu trouver le sommeil, engoncée dans sa doudoune et son pantalon goretex.

Bien avant le lever du jour, sous un ciel clair, alors qu'au loin le refuge était encore plongé dans l'obscurité, Araceli s'extirpa du duvet pour faire fondre de la neige et préparer le thé. Avec les quelques biscuits qui leur restaient, c'était le dernier repas avant l'ascension.

Louis lui laissa la priorité de la première longueur, puis ils grimpèrent en réversible, jusqu'à une vire sur laquelle ils purent se reposer un peu. Le rocher était bon, et de nombreuses anfractuosités permettaient la pose de coinceurs. La première partie de l'ascension n'était pas très difficile. Après une journée passée dans la voie, ils rejoignirent une petite plateforme, où ils trouvèrent juste assez de place pour poser un camp. Ils s'étaient élevés de presque quatre cents mètres, sans ressentir la moindre frayeur car ils avaient pu s'assurer sur des coinceurs et autour de becquets évidents, doublant et triplant les points quand c'était nécessaire. Leur sécurité prévalait sur leur rapidité. Ils se l'étaient dit et répété, ils l'avaient érigée en dogme. Au-dessus, la paroi semblait plus lisse.

La nuit qui suivit fut encore plus inconfortable que la précédente car, en plus de la promiscuité du duvet, ils restèrent harnachés dans leurs baudriers. L'incommodité de l'installation eut au moins l'avantage de contenir l'impétuosité de Louis, qui resta concentré sur l'ascension.

Se contentant de quelques barres de céréales et de vivres de course avalés à la hâte le soir et le matin, ils s'élancèrent vers une deuxième journée d'escalade. Ils savaient que, s'ils tenaient le même rythme, ils pouvaient sortir le lendemain.

Cinq longueurs plus haut, après trois heures d'escalade technique, ils découvrirent une large terrasse abritée par un surplomb. Quand ils y prirent pied, ils remarquèrent que des pitons avaient été plantés au creux de la roche. Luis et Alejandro avaient donc atteint ce point dès le premier soir, et avaient pu s'installer là pour la nuit. Beaucoup plus aguerris, ils avaient de l'avance sur la cordée Araceli-Louis.

Ils poursuivirent lentement leur progression sur un rocher lisse et vertical. C'est en fin d'après-midi qu'ils atteignirent une nouvelle plateforme, assez spacieuse pour y installer un deuxième camp. Il était beaucoup trop tard pour envisager une sortie au sommet, d'autant que la fatigue d'une longue journée se faisait sentir. Les principales difficultés semblaient être derrière eux. Elles avaient été sérieusement réduites par la pose providentielle de quelques rares pitons laissés en place par Luis et Alejandro.

Hormis « Relai ! », « Du mou ! », « Sec ! », « Bout de corde ! », « Avale ! », « Départ ! » ou alors « Putain, plus fort, j't'entends pas ! », ils n'avaient échangé aucun mot au cours de la journée. La tension était vive. Chacun était hyper-concentré, et le spectre de Luis et Alejandro les hantait en permanence.

Des plaques de neige gelée leur permirent de produire de l'eau, et de cuisiner en silence un fameux bœuf bourguignon. Ils ouvrirent une deuxième crème dessert MX3 Extrem. Araceli pleurait et reniflait, ne mangeant presque pas. Louis l'aurait bien réconfortée, mais, craignant d'être maladroit face au trouble qu'il percevait et qu'il comprenait, il préféra rester à l'écart pour s'empiffrer avec voracité de tout ce qui restait dans la gamelle. Cette nuit-là, comme il y avait de la place, il laissa le duvet à Araceli et s'éloigna pour somnoler, plus que pour dormir, assis, équipé d'un empilement de tous ses vêtements et de sa doudoune.

VIII

Sur la voie normale, c'était une partie moins exposée mais bien aussi engagée qui se jouait. À raison de quatre à cinq cents mètres par jour, Rudy avait prévu large, du moins le pensait-il. Laissant les deux camionnettes de location sur le parking, ils avaient emprunté le sentier. Les parties roulantes étaient beaucoup plus escarpées qu'il n'y paraissait. La moindre aspérité du terrain bloquait la chariote. Il fallait s'y reprendre à plusieurs reprises pour passer chaque obstacle. Les humains de trait s'échinaient à progresser en évitant de déséquilibrer l'attelage. Rudy, certes remis de son accident, ne pouvait cependant prendre part à l'entreprise de tractage, pour ne pas risquer de dézinguer la ferraille qui tenait son squelette. Alors, il guidait l'équipage, et recherchait les passages les moins inappropriés. Secouée comme un prunier, Tiphaine conservait sa légendaire bonne humeur, constatant néanmoins que, si l'aventure était exaltante, elle n'en était pas moins « une belle connerie ». Arc-boutés sur les cordes, Juju et les autres pestaient, confirmant le constat de Tiphaine. Quatre filles participaient à l'expédition et, bien entendu, Thomas, le plus macho d'entre les machos, n'avait de cesse de leur reprocher une inefficacité chronique, surtout à Anna et Morgane, qui papotaient tout le temps et forçaient peu.

En dépit de ces difficultés, le convoi s'élevait cahin-caha dans la montagne. Après trois longues journées dans la caillasse, et trois joyeux bivouacs arrosés de dive Chartreuse, il atteignit le glacier au matin du quatrième jour.

La chariote résistait aux vibrations. Elle avait perdu quelques boulons de-ci de-là, mais Rudy avait prévu le coup, et un petit stock de pièces de rechange avait pris place dans le sac de Thomas. Mal suspendue, la chariote mettait néanmoins le corps de Tiphaine à rude épreuve. Il était temps d'effectuer sa mutation. Quelques opérations de dégoupillage et regoupillage permirent de transformer la roulotte en luge. Et en route pour le sommet !

IX

Manon et Julie progressaient vite. Leur bonne acclimatation, après deux mois en altitude, leur permettait de dépasser les cordées tardives. Elles avaient profité d'un été agréable, mais tellement normal, sans aucun fait marquant. Là, elles avaient enfin l'occasion de se confronter à deux évènements concomitants et inhabituels ; l'ascension de la voie dite des « Espingouins » et l'équipée sur la voie normale du groupe encadrant vraisemblablement une personne à mobilité réduite. Aucune de ces deux cordées ne s'était arrêtée au refuge.

L'excitation provoquée par le désir de rencontrer les protagonistes de ces deux aventures leur donnait des ailes. Elles ne voulaient pas les rater, elles voulaient fouler le sommet avec eux, si tant est qu'ils arrivent dans le même créneau. Menant un train d'enfer, elles prirent pied sur le glacier en moins de deux heures. Après avoir chaussé leurs crampons, elles empruntèrent la trace large et chaotique provoquée par le passage du convoi quelques heures plus tôt.

Rattrapant rapidement son avance, elles l'aperçurent au détour d'un sérac, à mi-chemin entre elles et le sommet. Ils arriveraient à peu près en même temps.

X

Nuit blanche et courte pour Louis. Il prépara un café avant de réveiller Araceli qui, elle, avait bien dormi, seule dans le duvet.

– Allez, hermanita, le plus gros est derrière nous. J'ai repéré un passage à droite du surplomb. Ça a l'air de passer. Après, on va rejoindre le grand dièdre. On mettra le temps qu'il faudra. C'est raide, mais je suis sûr qu'on va pouvoir s'assurer partout.

– Merci, mon Louis, il est bon, ton café… Oui, je sais qu'on va y arriver. On est une belle cordée. J'ai confiance. Tu es devenu un grand alpiniste.

– Tu parles ! Je me suis juste entraîné pour faire cette fucking voie depuis que tu m'as mis ça dans la tête. Après, je suis pas sûr d'avoir envie de continuer à faire de l'alpi. C'est quand même un truc de débile, de prendre autant de risques pour si peu de gloire. J'ai jamais rien connu de plus ingrat.

– Allez, vamos… C'est sûr que si tu ne veux que la gloire, alors vaut mieux faire du futbol. Mais toi, Louis, je sais que ce n'est pas ça que tu cherches.

C'est Araceli, très déterminée, qui prit l'initiative de la première longueur, armée de coinceurs de toutes les tailles et de toutes les formes. Des bicoins, des excentrics, des friends, elle en avait pour plusieurs kilos de chaque côté de son baudrier. Elle en usa et en abusa sur toute la longueur, jusqu'à un resserrement, où elle put poser ses pieds de chaque côté du dièdre, sur des rochers horizontaux. Elle trouva deux pitons ancrés dans une fissure. Ses frères étaient au moins montés jusqu'ici. Elle vivait à ce moment-là une confusion extrême de ses sentiments, entre la tristesse de leur souvenir et la joie de les faire revivre à travers cette ascension. L'excitation de poursuivre l'œuvre familiale se sublimait par la conviction qu'elle irait sur ce maudit sommet, et qu'elle l'offrirait à Estéban, Pablo, Carmen et tous ceux qui en voudraient.

Louis suivit, hyper concentré puis, reprenant la tête de la cordée, s'engagea dans la deuxième longueur avec d'infinies précautions. Il ne s'agissait pas de faiblir. Lui aussi avait la certitude que, désormais, le sommet leur appartenait.

Le grand dièdre fut franchi en cinq longueurs. Au-dessus, la paroi rocheuse s'inclinait progressivement sur cinq nouvelles longueurs, donnant place à un terrain mixte assez facile. Peut-être faisaient-ils preuve d'excès de prudence, mais ils continuèrent de s'assurer sur des coinceurs rapprochés, alors qu'une progression à corde tendue eut été techniquement à leur portée sur certains passages serpentant entre des béquets. Et bien leur en prit. À deux reprises, des fragments de rocher se détachèrent de la paroi pour s'écraser dans le pierrier. Il était manifeste que le réchauffement climatique de ces dernières années avait fait fondre par endroits la glace qui scellait les rochers. Le terrain était facile, mais très dangereux. Araceli et Louis acquirent la certitude que c'est dans ce secteur que Luis et Alejandro avaient chuté. On voyait nettement des parties rocheuses plus claires, comme sur la face ouest des Drus, démontrant que de petits éboulements s'étaient produits récemment.

Après ce passage scabreux, ils purent souffler quelques minutes, avant de se diriger vers le sommet sur un petit glacier peu incliné, prenant soin de rester encordés, et de faire des nœuds à la corde tous les trois mètres pour assurer celui qui tomberait malencontreusement dans une crevasse.

Une dernière partie, constituée d'un chaos de gros blocs au milieu desquels il fallait serpenter, conduisait directement au sommet. Ils y étaient presque. Il n'y avait plus de danger en vue. Ils allaient réussir… Une dernière longueur, un peu plus raide. Pour ne prendre aucun risque, si près du but, Araceli proposa d'aller jusqu'au sommet en passant la corde autour des blocs et d'assurer Louis d'en haut.

XI

Sur le grand glacier de la voie normale, à l'approche du sommet, Manon et Julie rejoignirent le groupe « Tiph'aussi ». Arrivées à la hauteur de la chariote sur patins, elles constatèrent que la personne qui l'occupait était une magnifique blonde aux yeux clairs. Cette dernière, tout sourire, s'adressa à elles :

– Alors, les filles. Vous avez la caisse, on dirait. Je vous ai vu arriver, à fond. Pas trop fatiguées ?

– Ben non, ça va. On est acclimatées. Et toi, ça a l'air cool.

– Pas mal. À part cette bande de guenilles qui n'avancent pas. J'ai beau les fouetter. Pas moyen de les réveiller.

Juste devant, Thomas, épuisé par des jours de tractage, pesta et proposa à Tiphaine d'intervertir leurs rôles. Il précisa aussi qu'on ne l'y prendrait plus, et que des idées aussi nazes que ça, il n'y avait que Rudy pour les avoir.

– Rudy ? interrogea Manon. C'est qui ?

– C'est mon cops. C'est lui, là-bas devant. Il est ingé. C'est lui qui a trafiqué le FTT pour lui mettre des patins. C'est notre première sortie en haute montagne.

– Ah oui, c'est bien lui. Je le reconnais. Et ça ne m'étonne pas. C'est tout lui, ce genre de défi.

– Tu le connais ? Moi, c'est Tiphaine. Et toi ?

– Moi, c'est Manon. Et oui, je le connais un peu beaucoup, mais ça fait un bail que je n'avais plus de nouvelles.

– Oh, Manon ! T'es son ex… il m'a beaucoup parlé de toi au début, quand on était en rééduc. Mais oui. Il m'avait montré des photos de toi, avec les cheveux en pétard jaunes ou rouges. Là, avec les cheveux longs orange, je ne t'aurais pas reconnue du premier coup, mais maintenant que tu me le dis…

Entrainant Julie dans son sillage, Manon remonta le convoi jusqu'à sa tête. Elle tapa sur l'épaule de Rudy au moment où il arrivait au sommet.

– Salut, Rudy !

– Oh, Manon !! C'est pas vrai !! Qu'est-ce que tu fous là ?

– Je garde le refuge d'En-Haut cette année, tu savais pas ? Je vous ai aperçus, ce matin. J'avais le pressentiment que tu étais dans le coup, alors, je suis venue te voir avec ma copine Julie.

À ce moment-là, alors que les bêtes de sommes hissaient en suffoquant la chariote de Tiphaine sur le sommet, un bruit de cliquetis se fit entendre en contrebas, à la sortie de la face nord.

– C'est la cordée qu'on a vue ce matin, Julie ! Tu vas voir ? Je suis sûre que c'est une surprise pour toi…

– N'importe quoi !

S'approchant du bord du plateau sommital, en haut de la face nord, Julie vit surgir la petite nana à l'accent espagnol qui était venue trois jours plus tôt lui demander deux bières.

– Hola ! lui dit cette dernière en arrivant à sa hauteur. Je te reconnais. Tu tiens le refuge en bas.

– Hola ! Tu es avec Louis ?

– Oui, mais comment tu sais ça ?

– En vrai, je sais pas, mais je suis sûre. J'ai aperçu une silhouette qui lui ressemblait derrière le refuge. Et aujourd'hui, c'est un jour spécial, un jour où les planètes s'alignent. Moi, c'est Julie, une amie de Louis.

– Increíble !! Julie. Louis m'a parlé de toi, du refuge, de mes frères. Increíble !! Attends, il va arriver. Tu vas l'accueillir. Va au bord, pendant que je l'assure un peu plus loin.

En bas, Louis s'impatientait :

– Putain, tu fais quoi. Bout de corde, merde ! Allez, j'y go.

Débarquant à son tour au sommet de la voie, à la fois courroucé par l'attente que lui avait infligée Araceli, et tellement heureux et fier d'avoir accompli la mission exclusive qu'il s'était fixée depuis qu'il avait rencontré la famille de Luis et Alejandro, il tomba nez à nez avec Julie qui lui dit :

– Salut, Lou. Je t'attendais.

Il la dévisagea, interloqué par cette vision onirique, se ressaisit et s'exclama :

– C'est pas vrai ! Je rêve ! Julie ! Toujours jolie ! Tu es venue prendre l'air sur ce sommet de malheur ?

– Non, je suis venue à ta rencontre !

– N'imp !

– Pas du tout ! En fait, je suis avec Manon. Tu la connais, je crois. On garde le refuge d'En-Haut. Et quand on a vu votre cordée dans la face ce matin, je me suis rappelé que j'avais servi deux bières à une petite Espagnole très mignonne, et là j'ai réalisé qu'il y avait sûrement du Louis dans cette histoire. Tu vois, je ne me suis pas trompée.

– Ça, c'est crazy, ouf ! Bon, ben, je suis heureux d'être ici, et de tomber sur toi. On s'embrasse ?

Au sommet, l'ambiance était à la liesse. L'incongruité de ces multiples retrouvailles ne posait pas de question. Après tout, hormis leur exacte simultanéité, elles n'étaient que la résultante logique du cheminement de chaque protagoniste. Alors, ne boudant pas son plaisir, tout le monde embrassa tout le monde. Le groupe Tiph'aussi s'étreignait et se tapait dans les mains en criant « YES ! » ou « On l'a fait ! » ou (Thomas dans le texte) : « On l'a niqué, le sommet ! » Rudy appréciait que son idée ait conduit à ces effusions et en éprouvait une jubilation intense. Tiphaine, aux anges, trouvait cette ascension « trop fastoche », et invitait les autres à recommencer sur un sommet plus dur, ou à repartir vers des sorties ski de rando dès qu'elle aurait appris les rudiments du ski-assis. Manon regardait Rudy avec affection, Rudy regardait Tiphaine avec amour. Tiphaine regardait tout le groupe avec gratitude. Tout le groupe regardait Araceli avec admiration. Araceli regardait l'horizon avec émoi, comme si elle ressentait le souffle de ses frères, puis elle regarda Louis avec gravité et murmura : « Muchas gracias, mi hermano mayor. » Anna et Morgane regardaient Louis aussi. Elles le trouvaient « canon », ce quadra barbu dont l'élégance naturelle était anoblie par la fatigue. Thomas ne savait plus où donner de la tête, entre Julie, Manon et Araceli. Elles avaient toutes les trois un truc inspirant…

– Laquelle tu préfères ? Juju ? Moi, je me les ferais bien toutes les trois !

Juju n'avait d'yeux que pour sa nouvelle copine catho-cucul qui n'avait d'yeux que pour Juju.

Après la surprise et les effusions, la pause pique-nique au soleil, rapide, il fallait penser à redescendre. Araceli et Louis étaient harassés par leurs trois jours en paroi. Les tifosi étaient éprouvés par quatre jours de tractage. Seules Tiphaine, Manon et Julie tenaient une forme olympique.

Troublant cette fraîche osmose, des cordées commençaient à arriver au sommet. Un type, la soixantaine bien sonnée, libéré de la corde qui le reliait à son guide, entreprit de pisser sur la neige, à côté de la croix. Manon, agacée par d'aussi piètres manières, intervint :

– Oh, pépère, tu peux pas faire ça plus loin ?

– Euh, désolé. J'avais trop envie. En plus, y'a déjà plein de traces, alors, une de plus, une de moins…

– C'est bien ça le problème. On ne peut jamais arriver sur un sommet sans trouver de la pisse de mecs sur la neige. Nous, les filles, on fait pas ça ! Remarque bien, ça balise en cas de brouillard quand il n'y a pas de croix. Bon, allez, Julie, on redescend. On a un refuge à garder, nous… Je propose qu'on s'y retrouve tous ! Rudy, Louis, vous n'êtes pas pressés ?

– Non, répondirent-ils d'une seule voix.

Louis objecta qu'il n'avait pas prévu de coucher dans ce refuge, pas plus que dans n'importe quel autre, mais, étant donné le contexte, il ferait l'effort. Quant à Rudy, il savait que le retour d'une seule traite jusqu'au parking serait vraiment une galère, alors, une nuit chez Manon, pourquoi pas ?

Attrapant sa radio, Manon appela Babu Lal pour s'enquérir des réservations de la nuit.

– C'est cool, il y a Juste le couple qui avait réservé. C'est des vieux. Il paraît que c'est des amis, c'est ce qu'ils ont dit à Bab. Sinon, il a eu un coup de fil, mais il a pas tout compris. C'était pas du français. Apparemment, ça ferait deux personnes de plus. Autant dire qu'il y a plein de place, et comme c'est la fin de la saison, on va se lâcher sur la bouffe et le genépi. Allez, c'est la maison qui rince. À tout'.

Là-dessus, elle prit le chemin du retour avec Julie.

XII

– J'aurais dû m'en douter!

À l'approche du refuge, Manon aperçut sur la terrasse la silhouette décharnée de l'universitaire à polaire. Il n'avait pas donné son nom lors de sa réservation, pour ménager le suspense et lui réserver la joyeuse surprise de ces retrouvailles post-estivales. Tout à sa frénésie, il faisait de grands gestes en direction de Manon pour lui souhaiter la bienvenue.

– Manquait plus que lui… Bon, tant pis, maintenant qu'il est là, on ne va pas le chasser. Pourvu qu'il me lâche la grappe.

– C'est qui? demanda Julie.

– Le vieux chacal dont je t'ai parlé, tu sais, le mec de la fédé.

– Oups! Ça change rien, du coup. On dirait Fernandel, genre. Il n'aura qu'à faire la fête avec nous.

Il les accueillit, arborant triomphalement une polaire rouge qui semblait propre, et une casquette Cochonou récupérée lors du passage de la caravane du Tour de France sur le Tourmalet. Cette nouvelle tenue ne reflétait certes pas le bon goût mais elle apportait un peu de fraîcheur au personnage, d'ordinaire si terne. Son sourire rayonnant dévoilait, en revanche, ses ratiches ignobles qui attendaient toujours une rénovation complète. Il semblait heureux. Et pour cause ! Lorsque Manon arriva sur la terrasse, il lui présenta une petite mémé toute sèche qui bouquinait sur un banc.

– Salut Manon, je te présente ma compagne, Brigitte !

– Enchantée ! Et moi, je te présente Julie, qui fait la saison avec moi.

– Ah, très bien. Tu sais, Julie, c'est un peu moi qui ai mis le pied à l'étrier de Manon pour les refuges. Alors, on s'embrasse ?

Julie eut un haut-le-cœur lorsque l'universitaire approcha son museau équin à l'hygiène approximative. Par bonheur, il mâchouillait un chewing-gum à l'aide de ses deux molaires encore en état de tenir en place, et son haleine fétide était partiellement couverte par une subtile odeur mentholée. Brigitte, sauf à être totalement anosmique, avait dû lui suggérer cette méthode pour ne pas tourner de l'œil lorsqu'il lui a roulé sa première pelle.

– Mais, au fait, il l'a connue comment, Brigitte ? Lorsque Manon lui posa la question, plus pour meubler que par réel intérêt, il lui répondit que c'était grâce à elle.

En effet, pour se libérer de ses avances inopportunes, elle lui avait conseillé d'aller sur Meetic s'il cherchait l'âme sœur. Il s'était empressé de le faire, malheureusement sans aucun résultat. Son profil peu engageant, bien que légèrement embelli dans son descriptif en ligne, n'avait pas trouvé la cible espérée. Alors, ne se décourageant pas, il avait cherché d'autres solutions en ligne, et là, bingo ! DisonsDemain, le site de rencontre des jeunes de plus de 50 ans, lui a fourni des amoureuses au-delà de ses espérances. Les deux premières fois, cela n'a pas marché. Malgré tout, avec la deuxième, il y eut un semblant de coït. Brigitte était sa troisième conquête. La relation tenait depuis le début de l'été. Il l'avait emmenée dans les Pyrénées et dans les Alpes. Elle aimait la montagne. C'était peut-être la bonne. Elle était discrète et sympa, même si, selon ses dires, elle n'était pas jojo et si, côté sexe, c'était loin d'être l'extase. Enfin… son niveau d'exigence à lui étant à la mesure de sa lucidité sur son propre charme, il s'en contentait et éprouvait une juste allégresse.

Ce fut au tour de Araceli et Louis d'arriver au refuge, fatigués mais apaisés.

Une bière, deux bières, trois bières. Louis reprenait goût aux plaisirs de la vie. Après la sixième canette, il alla s'effondrer dans une chambre claire qui ne comptait que six couchettes, toutes munies de couettes douillettes. Le lieu changeait de l'univers concentrationnaire des dortoirs gris et poussiéreux dont il gardait un souvenir douloureux. Il s'endormit en se disant qu'ainsi la vie est belle.

Pendant ce temps, sur la terrasse, Araceli, plus sobre, pianotait sur son smartphone en souriant. Elle conversait par écrit via WhatsApp avec Carmen. Elle la rassura, l'assurant que tout s'était passé à merveille, et prit des nouvelles de la Sagrada Família. C'est alors que Carmen lui annonca qu'Estéban avait pris la route, juste après leur dernière conversation téléphonique de l'avant-avant-veille, lorsqu'elle avait trouvé un peu de réseau à l'approche de la paroi.

Abandonnant quelques minutes son téléphone pour souffler un peu, elle le reprit pour composer le numéro d'Estéban. Après trois sonneries, elle perçut sa voix de stentor :

– Diga !

– Hola Papá, habla Araceli ! Dónde estás ? Conseguimos !

– Ya voy !

S'ensuivit une conversation hachée, victime d'une connexion instable qui rendit Araceli perplexe. S'adressant à Manon, elle demanda si elle avait connaissance d'une réservation pour ce soir.

– Je ne sais pas, lui répondit-elle. Bab a bien eu un coup de fil. Il a supposé que c'était pour une résa, mais en fait, il a rien compris.

– Moi, j'ai compris. C'est mon papa qui va arriver.

Une heure plus tard, Manon vit un colosse barbu se présenter dans l'encadrement de la porte. Sur son dos, un enfant dormait profondément dans un porte-bébé. Elle l'accueillit aimablement et retourna en cuisine pour préparer, avec Julie, Babu lal et le nigaud, le festin qu'elle avait promis à ses convives sommitaux.

Estéban, sitôt arrivé, commanda un genépi, puis un autre, pour lui, une grenadine pour le petit Pablo qui venait de se réveiller et, très vite, il souhaita rejoindre Araceli et Louis qui se reposaient dans l'une des deux chambres du fond. Peu attentif aux explications de Manon, il commença par se tromper de porte et tomber une paire de vieillards tout dépenaillés qui se papouillaient en travers d'une couchette. Une pancarte « Do not disturb » eût été la bienvenue sur la poignée de porte pour éviter cette vision à Pablo et une perte subite de libido à l'universitaire.

Se ravisant, suivi de Pablo, Estéban pénétra dans la deuxième chambre où Louis dormait comme un bienheureux. Araceli, impatiente, les accueillit, heureuse mais en larme, en proie à une émotion débordante. Ils se jetèrent dans les bras l'un de l'autre avant d'entamer une conversation à bâtons rompus mêlant rires et pleurs, cris et chuchotements. Louis, toujours ensommeillé, n'y comprenait goutte. Pablo s'en désintéressait complètement, préférant démonter les Lego que Manon lui avait prêtés.

En fin d'après-midi, toute l'équipée de Tiph'aussi gagna enfin le refuge. La descente sur le glacier avait été assez rapide, mais sur le terrain sec, ça avait été plus compliqué. La chariote n'avait pas apprécié le retour des grandes roues et un essieu avait montré des marques de faiblesse. Rudy avait dû passer un long moment à le rafistoler, tant bien que mal, avec des morceaux de sangles, en espérant que l'attelage tiendrait ainsi jusqu'au parking. Le prototype méritait ensuite un sérieux contrôle qualité. S'il devait être un jour industrialisé, il devait élever son degré de fiabilité. L'idée était astucieuse, mais force était de constater qu'à ce stade de développement, le produit était inabouti. Rudy savait qu'à son retour au labo, il pourrait en douce occuper ses heures de désœuvrement à de la R et D pour sa propre invention. Ni vu, ni connu.

Ce qui importait, désormais, pour les ingénieurs-tracteurs, était d'honorer la providentielle invitation de Manon à faire la fête au refuge. Cela les exonérait d'un nouveau bivouac qui ne les enchantait guère. Ils se jetèrent comme un seul homme sur les saladiers de marquisette, que Julie avait préparés en guise de bienvenue.

Le breuvage, à base de roussette et de crémant de Savoie, n'avait pas eu le temps de mariner, mais, pour l'occasion il répondait parfaitement aux attentes de leurs papilles desséchées. Dans leur empressement, ils avaient oublié Tiphaine, restée clouée dans sa chariote, en bas des marches de la terrasse. Les normes ERP du refuge laissaient à désirer quant à l'accueil de « tous les publics ». Heureusement, Estéban qui passait par là déploya ses bras immenses, empoigna les roues et hissa d'un geste ample une Tiphaine un peu grincheuse face à l'abandon de ses comparses.

Le refuge n'attendait plus personne. Il était temps d'organiser les couchages avant de savourer tous ensemble les réussites du jour avant de s'éloigner de cet extraordinaire dénouement collectif à trois mille. Un dénouement que l'universitaire, informé par les multiples narrations, qualifia de « synchronie parfaite » et même, de « synchronie fantastique ».

Estéban et Pablo s'installèrent dans la même chambre qu'Araceli et Louis. L'universitaire et sa nouvelle conquête conservèrent leur intimité en privatisant la chambre d'en face pour tenter de conclure leurs ébats, avec le soutien de la pharmacopée adéquate. Les Tifosi s'entassèrent dans le grand dortoir collectif bien décidés à terminer tous ensemble et solidairement leur épopée du jour.

XIII

Manon et Julie, secondées par Babu Lal et le nigaud installèrent un grand buffet sur la terrasse avec des montagnes de charcuterie et de fromage. Elles sortirent des cubis de blanc et de rouge de Savoie, et une petite enceinte Bose pour envoyer de la musique depuis une tablette. Ce serait pour tous les goûts et de tous les styles.

À l'exception de l'universitaire qui « n'avait pas transpiré », tous les convives parvinrent à se doucher, enfin, surtout les premiers. Les derniers durent se contenter d'un fin filet d'eau fraîche.

À l'heure de l'apéritif, tout le monde se retrouva en terrasse, en absence de toute pression. Le lendemain, il n'y avait plus qu'à descendre, et à présent, profiter de la soirée, décompresser des jours et des mois précédents.

Le temps était au beau fixe. L'ambiance à la fête. Certains naviguaient de groupe en groupe et trinquaient à la santé de cette journée si particulière. La bossa nova de début de soirée était propice aux discussions. Par petits paquets, les hôtes faisaient connaissance… ou se retrouvaient.

Morgane et Anna ne quittaient pas Louis, qui les intriguait. Il venait de réaliser ce qu'elles considéraient comme un véritable exploit alpinistique, et pourtant il affirmait ne pas être alpiniste, pas même montagnard. Sitôt redescendu, soutenait-il, peut-être allait-il se débarrasser de tout son matériel. Il leur parla longuement de sa quête de ce sommet particulier, suggérée par Araceli. Mais ce n'était pas sa quête, si belle fût-elle, qui intéressait ses deux nouvelles groupies.

Manon et Julie s'activaient afin que personne ne manque de rien, secondées de manière sporadique par Thomas, qui cherchait à leur prouver qu'il était occasionnellement capable d'aménité. Il en était lourd. Il encombrait plus qu'il n'aidait. On le sentait avide d'aventures affectives, seulement, voilà ; entre les deux, sa motivation balançait et son indécision anéantissait progressivement toutes ses chances de séduire l'une ou l'autre. Beaucoup plus discret, Pierre, un grand tifosi qui semblait un peu à l'écart du groupe, se montrait en revanche diablement efficace aux côtés des filles pour servir, desservir, ranger, nettoyer. Il se montrait attentif et prévenant, s'adressait calmement aux deux filles, s'intéressait à elles, leur posait des questions sur leur parcours, leur parlait de cette expérience associative, nouvelle pour lui qui était spécialisé dans les trails, les ultra-trails et le ski-alpinisme ; même s'il avait levé le pied depuis que Lyon Biopôle, pour qui il travaillait encore comme pharmacien d'industrie à Grenoble, venait de le muter à Gerland. Son attitude tout en sobriété tranchait avec la gaucherie de ce pauvre Thomas.

Babu Lal avait bien intégré l'éclectisme des styles occidentaux. Il s'improvisa disc-jockey, passant du rock au métal, des slows à la variété surannée.

Brigitte finit ivre-morte. Elle tenta de jeter son dévolu sur Estéban, qui sut rester impassible. Elle l'attrapait par la veste dès qu'un rock ou un slow était programmé, se faisant de plus en plus pressante, lui susurrant à l'oreille des tirades salaces. Estéban ne comprenait rien au propos mais devinait tout à fait l'intention. Peu stimulé par les avances de l'ancêtre, il tenta de s'en dépêtrer en discutant avec sa fille, ou en allant vérifier que son petit-fils dormait bien dans la chambre, en dépit du vacarme.

L'universitaire, que les écueils de la vie et le trop-plein de marquisette rendait équanime, considérait la fougue de sa douce avec recul, découvrant néanmoins avec surprise la bombe qui dormait en elle. Alors, naviguant de table en table, il tentait d'analyser chaque situation et d'exprimer doctement son point de vue. S'adressant à Rudy, il louait « sa bienveillance, son altérité et son empathie qui l'ont conduit à organiser une expédition d'une telle ampleur, simplement pour intégrer le handicap dans une pratique ouverte de la haute montagne ». Peu habitué à ce genre d'idiomes, Rudy lui cloua le bec en lui répondant que « son pipeau n'avait carrément pas de sens et que, s'il faisait ça, c'était juste par amour et pour le plaisir d'être avec des potes ».

S'adressant alors à Louis dont il admirait « les qualités d'alpiniste rivalisant avec celles des plus grands, faisant de lui le digne successeur des Terray, Lachenal ou Rebuffat », il s'entendit répondre sèchement qu'aucun héritage de ces inconnus n'était en cause dans son ascension. La seule chose qui comptait pour lui était la réussite de la voie de Luis et Alejandro avec Araceli. L'alpinisme, il n'en avait cure. Il ne se sentait « pas alpiniste at all ». Araceli était beaucoup mieux armée et motivée que lui pour gravir les sommets.

Plus la soirée avançait, plus Brigitte se déchaînait, et lorsque Babu Lal programma une série de rocks d'époque démarrée avec l'incontournable « *Rock Around the Clock* », elle se jeta sur tous les mâles qui passaient à portée de sa main. Seul le petit Pablo, réveillé par les décibels, accepta de danser avec elle, mais, sans descendance et peu coutumière des comportements infantiles, elle ne savait que faire de lui. Dépitée, elle finit par danser seule en poussant des hurlements, puis elle réclama du Florent Pagny. C'en était trop. Manon lui demanda de se calmer. Peu sensible à la variété française, elle estima qu'on ne pouvait pas infliger les rengaines de ce donneur-de-leçons aux amis réunis ici pour faire la fête. De dépit, Brigitte rejoignit l'universitaire qui somnolait sur un banc et vomit sur sa belle polaire rouge. C'est ce moment que choisit Thomas pour entonner le tube inoxydable de Dario Moreno.

« Brigitte Bardot, Bardot
Brigitte Bardot, bravo !
Aucune fille au monde
N'est aussi sympa que toi
Brigitte Bardot, Bardot
Brigitte Bardot, bravo !
Pour toi, toutes les secondes
Chaque homme a le cœur qui bat… »

Personne n'en fit cas. Nul n'entonna le refrain avec lui et, déçu, il se tut sans terminer la chanson.

Voulant relancer l'ambiance, Manon demanda à Julie de jouer de la flute. Requête qui fut largement plébiscitée par l'ensemble des convives. Alors Julie, surmontant sa timidité, s'exécuta pour un concert improvisé, inspiré des meilleures créations de Jethro Tull. Un peu daté, mais furieusement efficace. Chacun entonna les refrains à sa manière, sans connaître la moindre parole des morceaux. Et de taper sur la table, sur les gamelles et les verres avec des couverts. Le concert tourna rapidement en une cacophonie indescriptible. Le son de la flute devenu inaudible, Julie finit par abdiquer.

Babu Lal fit alors le tour des tables, une bouteille dans chaque main en criant :

– Zénépi, zénépi maison !

Quelques tournées plus tard, après moult toasts portés aux ascensions réussies de Tiphaine et de sa bande, d'Araceli et de Louis, puis à la fin de la saison, à l'amitié, l'amour, la joie et mille autres choses, chacun prit le chemin de son lit, fatigué de ces derniers jours et de cette soirée d'ivresse.

XIV

Dans la brume du matin, après un petit-déjeuner silencieux, plombé par l'imminence de la séparation, tout le monde s'affaira aux préparatifs de la redescente.

L'aventure se terminait. D'hypothétiques retrouvailles étaient bien évoquées, mais dans l'immédiat, c'est bien de retour à la maison, de reprise du travail et de projets nouveaux qu'il était question.

Araceli fut la première à se lever. Elle décida de partir avec Estéban et Pablo, ainsi Louis ne serait pas obligé de la poser à la gare de Grenoble. C'était plus simple et plus prudent. La route était longue pour l'Aragon. Elle relaierait Estéban au volant.

Elle attaqua une tournée de bises. Elle était flanquée d'Estéban qui, drapé dans la dignité de sa stature hiératique, tendit sa main géante. Chacun la prit, sauf Brigitte qui, refusant la main, lui tendit sa joue fripée.

Pablo, en pleine forme, sautait de genoux en genoux, en privilégiant ceux de Tiphaine, dont il mourait d'envie de piloter la chariote.

Louis les accompagna sur le pas de la porte. Estéban lui serra longuement la main en lui baragouinant une phrase à rallonge qu'il ne comprit pas, mais les noms de Luis, Alejandro et Pablo revenaient souvent. Araceli le serra très fort dans ses bras et lui dit :

– Reviens vite nous voir, *mi* Louis, reviens vite. Tu sais que tu fais partie de la famille, maintenant.

– Bien sûr. Je réfléchis à deux ou trois projets, là, tout de suite, et après je viendrai. Et j'espère bien faire la connaissance, un jour, de Luna et Sofia.

Il lui tendant une grosse poignée de coinceurs et il lui dit.

– Prends-les, c'est un cadeau souvenir. J'en ai plus besoin.

Toute la bande « Tiph'aussi » s'activait sans trop de hâte. La redescente jusqu'aux camionnettes de location ne les impressionnait pas, ils connaissaient le terrain et maîtrisaient de mieux en mieux les astuces permettant d'engager la chariote sans risque dans les pires conditions.

Julie avait préparé son sac. Elle demanda à Manon si elle n'avait plus besoin de ses services, « parce qu'il restait une place dans le véhicule ». Et elle ajouta :

– En plus, c'est super, Pierre doit récupérer sa bagnole au campus pour remonter à Lyon ce soir. Je pourrais profiter du voyage... Encore méga mieux : comme il recherche une colocation, et du coup, comme j'ai de la place dans mon appart, je pourrais lui montrer si, genre, ça lui convient...

– Ah non, lui répondit sérieusement Manon, on a encore besoin de toi quelques jours.

Devant la mine déconfite de Julie, qu'elle laissa mariner quelques instants, elle se reprit et éclata de rire.

– Allez, cool, bien sûr, tu peux y aller ! Et prends-moi pour une conne... Tu vas peut-être aussi m'expliquer que tu veux t'entraîner pour la Diagonale du Fou, et que Pierre ferait un excellent coach ! On ne va pas se mentir, je te vois venir…

Brigitte avait repris un peu de dignité, malgré les piverts qui toquaient dans sa boîte crânienne. Elle expliqua que l'alcool lui faisait faire et dire n'importe quoi. Elle invita son « gros doudou » à prendre le chemin de la vallée, lui promettant qu'en bas, à la maison, elle allait bien s'occuper de lui. Ces propos langoureux le rassurèrent, car, depuis la veille, il était un peu contrarié. Il accepta l'invitation et la gratifia enfin de son plus éclatant sourire de canasson triomphal. Il savait qu'ils allaient atteindre avec Brigitte des sommets de volupté.

Manon resta désormais seule avec Babu Lal et Louis. Elle n'avait pas ressenti la nécessité de faire remonter le nigaud du village pour ces quelques jours qui la séparait de la fin de la saison.

Louis n'était pas pressé de redescendre. Après avoir, pendant deux ans, vécu avec le fantôme de Luis et Alessandro, après avoir porté toute son énergie vers cet objectif unique d'ascension de leur voie avec Araceli, il n'avait plus de projet immédiat, juste besoin de souffler avant de rebondir.

– Tout le monde est parti ! s'exclama Manon en balayant la terrasse. C'est drôle, la vie, Louis… on s'est connu il y a longtemps, on se retrouve par hasard. Mon ex a trouvé une copine, la tienne est en train de séduire un bel athlète. Même le vieux cafard a trouvé l'âme sœur. Toi, tu as trouvé une nouvelle famille en Espagne. On était tous au même endroit au même moment. C'est incroyable, non ? Et maintenant, on se retrouve là, tout seuls avec Bab. Je suis contente pour eux tous. Et moi, je devrais être ravie que les filles m'aient laissé le plus chouette mec du refuge. Sauf que non, Louis, même si tu me re-dragues, j'ai pas envie de tomber dans tes filets, même si tu es de plus en plus beau avec ce style de baroudeur cool, qui te va mieux que les slims taille basse que tu portais avant.

– Ça tombe bien, j'ai laissé mes filets dans les bars de Lyon, Manon. Et là, je me sens libre et open. J'ai l'impression que mes chakras s'ouvrent tout grand.

– Cool, moi c'est un peu pareil, pas de pression. Tu fais quoi, après, toi ?

– Je ne sais pas trop. Il faudra bien que je rebosse à un moment ou à un autre. J'ai plus ou moins un projet d'escape game. Je vais peut-être le thématiser sur l'univers de la montagne. Enfin, il faut voir. Pour l'instant, je suis à court d'idées. J'aimerais mettre en avant un côté énigme mais j'ai du mal à trouver les scénarios. J'avance, je gamberge, mais il me faudra de la matière. Je vais voir. Et toi, tu vas faire quoi maintenant ?

– Moi, je vais partir au Népal. Y'a longtemps que j'en ai envie, alors je vais prendre le même vol que Babu Lal et après, j'irai faire un trek, peut-être avec lui, cet automne. Et après, on verra bien.

S'immisçant dans la conversation, Babu Lal leur confirma qu'après la saison en refuge, il allait, comme chaque année, rejoindre une agence de Katmandou pour travailler comme sirdar :

– J'ai une copine, c'est Française. Elle a une agence. Elle travaille beaucoup avec groupes français. Elle s'appelle Catherine. Chaque année je fais sirdar pour un trekking parce que je parle courant français. Là, on va dans Langtang. Catherine, elle est OK pour que Manon vient avec nous. Et toi, Louis, si tu veux, tu viens jusqu'à Katmandou. Je te présente des gens qui vont t'aider pour ton idée. Nous on a les dieux sur les montagnes et on a le yéti. Ça fait beaucoup les secrets et les choses mystérieuses. Là-bas, tu vas à Pilgrims house Book, y'a plein les livres pour connaître les histoires Himalaya. Et y'a mon copain Yann, c'est Français. Il connaît plein de monde pour trouver les idées pour ton projet. Je vais l'appeler, il va te conduire partout où tu veux.

– Pas con, ton truc. J'y pensais un peu, parce que l'Himalaya, Estéban en parlait beaucoup, il était fasciné par ce qu'il y avait vécu lorsqu'il a fait l'Ama Dablam. Je me disais qu'il fallait peut-être que j'y aille pour découvrir et m'en faire une idée à moi. Sûr que ça pourrait m'aider à maturer mon projet. Allez, je vais voir si je trouve un vol ASAP et je vous rejoins. De toute façon, j'ai rien d'autre à foutre en ce moment.

Quelques jours plus tard, Manon ferma la porte du refuge et, s'adressant à Louis, qui regardait fixement la voie qu'il venait de gravir avec Araceli, lui demanda :

– Les guides qui passent par là l'appellent la voie des Espingouins. C'est pas jojo, comme nom. Maintenant que vous l'avez réussie avec Araceli, tu n'as pas l'intention de la baptiser ?

– Si, et c'est même un peu pour ça qu'Estéban est venu avec Pablo. Il voulait nous en parler. Il voulait que cette voie reste dans la famille pour toujours parce que ça les apaisait, lui et Carmen.

– Alors, comment elle s'appelle ?

– Je te le dirai plus tard. Il reste encore une incertitude.

ÉPISTOLOGUE

De : Louis@cerviso.com

À : araceli@xxxxx.es

Le 20 octobre

Coucou Araceli,

Ici, à Katmandou, je profite. Manon et Babu Lal sont partis en trek. Moi, j'ai préféré rester entre Katmandou, Baktapur, Patan et dans la campagne autour. Depuis le tremblement de terre, beaucoup de temples ont disparu, d'autres sont déjà reconstruits. L'énergie des Népalais est incroyable. Je vais souvent chez Pilgrim, je lis beaucoup, j'apprends des tas de choses. Je reprends de l'inspiration pour mon projet d'escape game. Je t'en parlerai. C'est super que Luna soit revenue s'occuper de Pablo. Je suis sûr que l'ashram a participé à sa résilience, mais que ce n'était pas son idée. C'est toi qui lui a donné mon adresse mail ?

Pour la voie de tes frères, je suis content que Luna soit d'accord avec nous. Elle me l'a confirmé.

Des bises,

Louis

De : Louis@cerviso.es

À : hubert@xxxxxxxx.fr

Le 20 décembre

Cher Hubert,

Content que tu aies pu vendre tes dernières parts. Te voilà libre. J'ai été content de te trouver en pleine forme lors de mon passage à Lyon après mon voyage au Népal. Tu as raison, je m'étais trompé sur Corinne. Elle est chouette. Elle te rend heureux. C'est le plus important. Pas de souci pour que tu viennes me voir ici, en Espagne, même avec elle. Je suis bien installé, maintenant. Mon projet avance, à Girona. Fred est venu en discuter avec moi. On va peut-être s'associer dans ce nouveau projet, et en monter un à Lyon, si ça marche. Mais chut ! Rien n'est fait.

Au fait, merci pour les sous.

La bise,

Louis

De : Louis@cerviso.es

À : Julie@xxxxxxxx.fr

Le 18 février

Hello, Julie.

Content de te savoir heureuse avec ton pharmacien lyonnais, mais un peu surpris de ta petite crise de jalousie. J'imagine que c'était pour la forme. Qu'au fond tu es contente pour moi. Tu vois, tu me disais que j'étais incapable de me stabiliser… Enfin bon, ce n'est que le début, alors on ne va pas crier victoire trop vite !

Et toi, toujours à fond sur les ultra-trails ? Tu ne penses pas qu'il serait temps de poser les baskets, un de ces jours ?

Louis

De: Louis@cerviso.es

À: manon@xxxxxxxx.np

Le 28 avril

Manon,

Julie m'avait bien dit que tu n'étais pas rentrée. Du coup, je ne suis pas étonné, te connaissant, que tu aies pris cette décision. J'ai vu des photos du village sur Internet. C'est vrai qu'il y a du boulot pour tout reconstruire, mais je suis sûr que tu y mets du cœur comme dans tout ce que tu as fait jusque-là. J'espère juste que tu n'as pas converti les Népalais aux excentricités capillaires dont tu as le secret. Quelle couleur en ce moment?

Deux treks par an et la reconstruction du village, ça doit t'occuper pas mal. Tu ne regrettes pas le refuge?

Au fait, côté fiancé, tu te débrouilles comment? Enfin, je te demande ça, mais ça ne me regarde pas. Te connaissant, deux treks par an fois cinq ou six trekkers durant chacun, ça doit aller.

Allez, je plaisante!

Donne le bonjour à Babu Lal et à Catherine. Bisous.

Louis

PS: je ne sais pas si Catherine te l'a dit, mais mon père a fait un virement pour ton association. Tu sais qu'il a toujours été dans l'immobilier, alors quand je lui ai parlé de la reconstruction du village, ça l'a fait kiffer.

De : Louis@cerviso.es

À : fred@xxxxxxxx.fr

Le 4 juillet

Salut Fred,

Comme à Lyon, ça a très bien démarré à Girona. Les Espagnols sont dingues du concept. Franchement, cette histoire de souterrain qui permet de rejoindre Botnath, après le tremblement de terre, ça a l'air de les inspirer.

Moi, tu sais que j'avais envie de créer ces escape games, mais là je commence à m'en lasser, et j'ai de moins en moins de temps pour m'en occuper. En fait, ce n'est pas mon truc. La création et la phase pionnière m'ont motivé, mais maintenant que ça tourne, bof… On en reparlera, mais je me demande si je ne vendrais pas mes parts à Javier, le proprio des murs, qui lui est à fond.

La bise,

Louis

De : Louis@cerviso.es

À : rudy@xxxxxxxx.fr ; tiphaine@xxxxxxxx.fr

Le 8 août

Salut les amoureux !

Alors là, ça c'est une super nouvelle !!!!!!! C'est prévu pour quand ? C'est un garçon ou une fille ? Prévenez-moi quand le bébé sera là, je viendrai le voir avec Luna et Pablo.

Plein de bises à tous les… trois.

Louis

De : Louis@cerviso.es

À : hubert@xxxxxxxx.fr

Le 3 septembre

Salut Papa,

Tu vois, j'y arrive, à ne plus t'appeler Hubert… Ce n'est pas encore tout à fait naturel, mais je progresse. Bon, alors, dans l'ordre :

1- avec Fred on a signé un compromis de vente pour l'affaire de Girona. Pour l'instant, on garde celle de Lyon, mais c'est lui qui s'en occupe. Du coup, j'ai du temps pour mener au bout le projet que je t'ai montré. Encore merci de ta proposition.

2- Estéban va mieux, mais il doit encore se reposer. En tout cas, Carmen et lui ont été super contents de faire ta connaissance. Tu reviens quand tu veux avec Corinne.

3- Il me semble que Luna et Pablo t'ont adopté. Pourtant, ce n'était pas gagné quand tu as débarqué avec ta grosse bagnole. Pas trop le genre de la maison. Mais enfin, en vieillissant, tu t'améliores…

Louis

De : Louis@cerviso.es

À : araceli@xxxxx.es

Le 15 septembre

Coucou, Araceli.

C'était vraiment une bonne idée. Luna apprend à faire la cuisine avec ta mère. Elle n'est pas encore au niveau, mais elle s'en sort pas mal. On est prêts pour la reprise de l'auberge. Et moi, je travaille sur les plans de la rénovation de la vieille baraque et la construction des chalets sur le terrain de derrière. Il y a beaucoup de boulot, mais ça va être magnifique. Estéban est content que tout ça reste dans la famille. De toute façon, même s'il se remet de son AVC, il ne pouvait plus continuer à ce rythme. On va y aller petit à petit. Après, on va faire une piscine et refaire complètement la salle du restau, qui en a bien besoin. Mais on ne va pas trop le brusquer. Je travaille avec un archi que mon père m'a présenté. Tu verras, le résultat sera top. Paco et Manu vont être scotchés. Et toi, ça va ?

Bisous,

Louis

De : manon@xxxxxxxx.np

À : Louis@cerviso.es

Cc : rudy@xxxxxxxx.fr ; tiphaine@xxxxxxxx.fr ; Julie@xxxxxxxx.fr

Le 30 septembre

Salut vieux lâcheur,

Je suis rentrée au Népal hier.

La semaine dernière, on est retourné au refuge avec les copains. Il ne manquait que toi, qui bandes à part depuis que tu as rencontré Luna ! Il manquait aussi Tiphaine mais comme elle est en cloque, elle est excusable. Il y avait Julie, Pierre, et une partie de la clique de Rudy. C'était cool de revoir Araceli, qui a fait le voyage avec un mec presque aussi beau que toi, mais qui se la pète moins. Elle nous a dit que tu es heureux avec Luna, et qu'elle t'appelle Louuuwis, sûrement pour bien marquer la différence avec Luis…

Il manquait aussi les deux vieux ; mais devine, ils sont en voyage de noces ! C'est Brigitte qui me l'a annoncé au téléphone.

Bon, on a tous regardé la voie des Espingoins, tous ensemble. Araceli nous a dit que vous aviez pensé à un nom, mais qu'il fallait que Luna soit d'accord. Du coup, elle n'a pas lâché le morceau. Elle a dit que c'est toi qui devais nous informer. Alors, tu l'as appelée comment cette putain de voie ?

De : Louis@cerviso.es

À : manon@xxxxxxxx.np

Cc : rudy@xxxxxxxx.fr ; tiphaine@xxxxxxxx.fr ; Julie@xxxxxxxx.fr

Le 30 septembre

Salut tout le monde. La voie est restée dans la famille, et je suis super heureux. Avec Araceli, on a fait l'ascension pour le souvenir de Luis et Alejandro. On l'a surtout faite pour la transmettre en héritage. On l'a appelée **La Voie Pablo**, parce qu'au final, On l'a faite **pour Pablo**.

Table des matières

La Fontaine de Siloé